Pleasures of Nature

自然的欢沁

经典文学选集

[英国] 克里斯汀娜 · 哈德曼特　编
刘云雁　译

译林出版社

目录

Chapter 3 火

Chapter 5 惊 喜

引 言

汇集自然史的大师之作，描绘了各种动植物，包括野兽、鸟类、鱼类、昆虫、植物、水果和花朵；这本文集适于不同的人生需要，尤宜于休闲之品。

汤姆斯·波曼，《动物学汇编》，1744年

据说世界由四种元素组成：地、天、火与水，这是连我笔下的诺布斯下士都知道的常识。其实并非如此。世间还有第五种元素，通常唤作“惊喜”。

泰瑞·普莱切特，《真理》，2000年

我的另一本文集并非仅仅在意文坛前辈们对花园的种种看法，而是文学对于自然万物的无尽追问：海洋有多深？天空有多高？看着图书馆里不断堆高的诗人与小说家们，我不禁哼唱出声，想起了亚瑟·兰塞姆在妻子艾薇的帮助下编撰一本友谊之书的往事：

> 我们走来走去，抽着烟，看着书架，就像看着一大群人，其中有不少老朋友。一本又一本的书提醒着我们，空间之中、书影之下，每一本书都有着自己的位置。

最终，我想起了一个尊贵古老的理论，作为这本文集的框架。据说自然可分为四大元素，分别是地与天、火与水。那么，世间一切都能纳入其间吗？不一定，有些文本也许分属多个元素。除了这四大元素之外，还有两个不容忽视的类型：其一，我最初称之为“纯乐”，但最终命名为“惊喜”，用以纪念已故的伟大作家泰瑞·普莱切特；其二就是“深思”，仿佛一条特殊的通道，使走在自己轨道上的人们暂且停留，品味一种奇妙的感受。

地的篇章中有华兹华斯神秘肃穆的紫杉，维多利亚时代地理学家休·米勒记下了莱格岛的沙子呜呜的吟唱，托马斯·格雷惊叹于约克郡的郭代斯卡“穹顶”，托马斯·洛威尔·贝多斯探索着地下“教堂的拱顶”。这一篇章还容留依附于大地的生物：一只刺猬和两只乌龟。莉莲·鲍尔斯·里昂的雪兔并非紧贴土地，但“小美人的忧伤”也需要大地做跳板。

天是彩虹、风和雾的故乡，是詹姆斯·汤姆逊震撼大地的雷声和铁青色火焰的闪电。达·芬奇发现大气中的蓝色有着各种变化：烟灰色、天蓝色、深蓝色。爱德华·托马斯在黄昏时看到了一片“甜蜜的紫罗兰色天空”。亨利·奥尔福德陶醉于斯基多山顶“迷雾环抱”。天是鸟类和昆虫的领地。丁尼生笔下的老鹰“俯冲而下，如一道霹雳之光”；詹姆斯·奥杜邦笔下老鹰在疯笑。威廉·坎顿对一只“不合时宜的老乌鸦”笑了笑；吉尔伯特·怀特通过飞行的姿态认出不同的鸟。路易莎·巴辰欣赏着华丽的“金蛾”；爱默生则盯着一只小蜜蜂“曲折前行，在荒野中歌唱”。

当然，一切元素都受到了火的侵蚀，有火山（小普林尼观察到的维苏威火山爆发和 R. M. 巴兰坦笔下的喀拉喀托火山爆发）；有《白鲸》中鲸群扬起的荧光海浪；有罗伯特·瑟维斯“野性、古怪而苍白”的极光，在极地的天空中起舞。托马斯·哈代的《还乡》将“点燃篝火”比作古老的葬仪；劳伦斯·比尼恩花园里的火则是对逝去年华的追悼；还有凤凰涅槃，巴特洛迈乌斯·安戈里克斯谓之“在烈日之下引火焚巢……在香枝之间烧成灰烬”。

水，可以自由奔放，充满力量，也可以温柔流淌，孕生万物。伊拉斯谟·达尔文的《自然的神殿》就追溯了有机生命自太古之初从水中萌发的漫长历程。水的形态变幻莫测，骚塞笔下的瀑布“从天而降”，拜伦眼前的海洋则是“四面八方无不臣服”。还有各类伴水而生的动植物，为沉静的池塘湖泊更增添了一分清新的活力：华兹华斯欣赏“优雅而骄傲，威严而平静”的天鹅，这些诞于水中的禽鸟，也“充满家的温情”。

“惊喜”是第五个元素，为编者的好奇心找到了归宿。老普林尼笔下的龙象之战；约翰·杰拉德郑重记录着黑雁在树上孵化的情形；刘易斯·卡罗尔关于面包黄油蝇的胡扯。此外还有不少有关业余博物学家们的笑言，例如乔治·克雷布的妻子觉得那些植物“学名老长，全都要学，提琴形叶、羽状半裂叶、啮蚀状叶”；玛格丽特·加蒂建议女士们穿着合适的衣服探索水生群落，例如“游艇服近来正当流行，特别适合船务”。

“深思”一章中，亚历山大·蒲柏认为，上帝是“伟大的生命之链”；亨利·沃恩说，上帝是四季的更替；柯勒律治说是空间；鲁珀特·布鲁克打趣地说是鱼的“天堂”。良宽大愚在月下诵读佛经；罗伯特·路易斯·斯蒂文森在“寂静的迷茫”中游荡高原；托马斯·哈代在憔悴的老画眉身上追寻希望；环保先驱奥尔多·利奥波德提醒我们“野性的救赎”；还有物理学家切特·雷默在幽暗的山边凝望着星辰，静静地听，静静地看，“直到背痛腰酸”。

许多足以安慰，也有许多值得恐惧。阅读了几个世纪关于自然的书写之后，我悲伤地意识到，人类甘冒一切危险，正彻底地驯服和整饬周遭繁衍生息的世界。我们的花园中，鸟类、蜜蜂和刺猬因农药而消失；海滩上的潭池几近荒芜；在南美洲、非洲和亚洲，森林以令人难以想象的速度迅速萎缩；为了牟利，全球范围内的海洋正被侵入和污染。我们贪婪地伸手摘星之时，不妨稍稍停歇，想想吉尔伯特·怀特笔下的乌龟，为冬眠刨坑的动作“比时针快不了多少”；还有莱克兰山中的高个子老牧羊人哈里特·马蒂诺告诉我们“他曾跨上彩虹”。

Chapter 1

地

无论大地过去和将来是什么模样，

无论人们如何虚妄地追求和想象，

无论描绘着怎样的憧憬，收获了怎样的痛苦，

我们都为之歌唱。

珀西·比希·雪莱，

《朱利安和马达洛》，*1824* 年

生长的精神

达·芬奇（1452—1519）在笔记中记录下了对世界的认知，《论水》一文诠释了他关于大地的独到见解。本文摘自爱德华·麦可迪1871年版笔记译文。

草生原野，叶在树梢，年年兀自新生。或可说，大地拥有生长的精神：肉身即土壤，坚实厚重；骨骼为岩石，重重叠叠，连成山脉；软骨是凝灰岩；血液是水流奔涌。流淌于心脏的血液汇集成海，呼吸随脉搏里血液跳动而起伏，便是大海的潮起潮落。火绵延大地，在四处燃起，散发无尽热量：或在温泉与硫矿，或在火山（如西西里的埃特纳火山），又或许在别处，大地的创造力就蕴藏在火中。

移 山

约翰·斯皮德（1552—1629）是一位历史学家，也是一位地图测绘大师。本文描绘了英国赫里福德郡马奇马克尔附近的山崩。本文节选自《大英帝国戏剧》（1610年），文中提到的科纳斯顿教堂后来得以出土，教堂的钟目前悬挂于霍默庄园的塔楼上。

造物主的杰作，就在我们身边。1571年，郡东玛斯利山从死寂的沉睡中觉醒，一声怒吼，掀翻了地面。三日之间，摇摇晃晃，腾挪行进，见者惊心，无不惊叹于造物主的伟力。自2月7日周日傍晚六点，直到次日早晨七点，大山已然位移四十余步，夹带着羊圈和圈里的羊，树篱和树木，或已倾覆，或仍紧扣在山上。东物西移、西物东挪，天翻地覆之间，将科纳斯顿教堂埋入地底，并将两条大道挪开百尺之外。山体滑坡面积约二十六英亩，山石泥土随山而走，清出一片四百码见方的空地。草原覆盖了耕地，耕地铺满了草原，最终山底拔高为山顶，高约十二英寻。三日之行，山似乎累了，渐渐沉寂下来。只有造物主的印记依然镌刻在岩石上，抚慰着高山渐渐沉静，一切进入新的平衡。

人间天堂

约翰·弥尔顿（1608—1674）在无韵史诗《失乐园》（1664年）中，依靠记忆描述了壮丽的自然景观，而早在1651年他就已双目失明。本文节选自《失乐园》第九卷，描述了撒旦为自己遭到驱逐、无法享受人间乐事感到忧伤。

啊，大地，你多像天堂，

公正地说，即使不得宠爱，

也是诸神宝座更适宜的所在，

兴起于造物主的第二念，

改进了原先的构建。

否则上帝何必再造一个新世界？

人间的天堂，光明诸天围绕你舞动，

似乎只为你，殷勤地擎着灯火，

光上又有光，将你围在正中央，

为你遍洒宝贵的光，神圣的光。

正如上帝端坐天堂，威震四方；

你也在诸天体的中心，接受馈赠，

只因你成就了他们的美德。

凭他们的光，你孕育了草木

以及更加高贵的生灵，

随着生命的演进，逐渐显示出

生长、感知和理性，最终成为人类。

多么喜悦，我围绕着你，

一切都令我欢欣——甜蜜交错的

高山与低谷，河流，森林与平原，

还有陆地，还有海洋，

还有树林繁茂的海岸，

还有岩石，石窟与洞穴；

但我却无处藏身。

欢乐越多，痛苦越深，

我陷入重重矛盾无法自拔，

只因一切美好都成了

灭亡的原因……

坏脾气的小家伙

理查德·布莱维特（1588—1673）在《荒野》（1634年，原名《人类的奇怪哲学》）中描述了刺猬的生活。

刺猬满身是刺，脾气暴躁，无人敢惹。他像一座移动的堡垒，自己是领主，皮肤是城墙，身上的刺就是千军万马。他天性嫉妒，充满怀疑，时时警惕，裹在刺里才肯安息。他可以随意地收起吊桥张开刺，谁也不敢侵犯领地；大风刮来，他如临大敌，无论北风与南风，都被两扇大门挡在城池之外，门前还布满了路障。……刺猬形如发梳，却不可梳头；没有利齿，却不可欺辱，身外的利齿使他没有朋友。他一身锋利，一击致命；然而内心非常柔软，脆弱得就像吃奶的婴孩，既想挂在母兽身上撒娇，又被刺得如孩童般哭闹。他没有贵族血统，父系是猪，母系也是猪，自己就是头小猪崽，常年生活在篱笆下。如有一个地方叫猪的乐园，允许小猪在管风琴上玩耍，他们一定会在那里放声高歌，吱吱的尖叫声音高八度，正与管风琴的乐声相和。我不知道刺猬能不能吃，但整个儿吃下去一定会刺破喉咙。也有人说刺猬肉与兔子肉一样鲜嫩，这我不太清楚，只知道他的毛可没那么软。捉只刺猬不太容易，狐狸有洞，刺猬也有他的灌木丛，躲在树丛中不肯出来，只能用火驱赶。好在他不爱管闲事，也不想被闲事打扰，聪明的人们一定不会欺负他，都知道他脾气不太好。对我来说，只要不踩到他，我绝不会跟他结梁子。

大地如波涛起伏

威廉·斯特沃德（约1601—1645）是出生于英国德文郡的诗人，长住牛津，受圣职后被称为“才华横溢的牧师”。本诗描绘了阿芬顿高地的迷人风光。

我往西墙高地走来，

大风扫净绿色的草场，

风光在我眼前展开，

丛丛灌木，朵朵绵羊；

如皱纹堆起在脸上，

大地翻着起伏的波浪，

就像画面需要阴影，

欺骗双眼也心甘情愿。

羊儿似在迷宫悠游，
一圈一圈打着转转，
有时就爱绕着圈走，
走出牛奶女工说的仙女环；

一下子羊儿跑成半圆，
一下子划过整齐的曲线，
牧羊的人们真欢乐，
轻轻松松学几何。

高地上青草细长，并不丰满，
总是匮乏，总是平坦，
不因暖春而增添一分，
也不因严冬而变得更坏；

贫瘠得如同太监的下巴，

从此走向永久的生发，
温柔的高地云层低垂，
最终也不曾茂密浓翠。

眼前两座高山之间，
拥着一片怡人的绿地。
就像两道乳峰绵绵，
藏着深处的温柔怜惜。

我在这里看书、安眠，低声祈祷，
从清晨直到日光夕照。
听！召唤羊儿的铃声把我唤醒，
似牛津的钟声昭告晚餐的来临。

穹 顶

托马斯·格雷（1716—1771）一生居住在剑桥，潜心学术，晚年游历北方，遍访壮丽风光。

1769年10月13日：塞特尔是一个贸易集镇，就在一座石头山下面。镇上的房子大多并不漂亮，有些房子依然是木制的门廊，显得又矮又旧。我住的小店还算干净，老板是个优雅整洁的好女人。我在那里住了两晚，然后去了郭代斯卡峡谷。东北风：天气阴冷。郭代斯卡距塞特尔镇六英里远，不过要翻一座山，而且眼看似乎要下雨，所以我还是选择坐车过去。我上了一辆轻马车，只有这种车才能跑得了山路，整整十三英里，一路颠簸，一半都是山路！后来总算安全到达，来到了群山之间一个名唤马姆的村庄，村旁有一道荒凉可怕的峡谷：我从这里开始步行，又走了一英里糟糕的土路，一条小河始终在我左边欢快地涌动。

峭壁上有几只山羊；一只羊跳着，用后足挠挠耳朵。这里的路很不好走，每一步都站立不稳。我往前走了一会儿，峭壁几乎近在眼前，才发现有一条窄窄的小路从左侧穿过峡谷。我紧跟在向导身后，蹒跚前行，山头在狭小的空间中仿佛难以伸展；更远处横亘着一条溪流，自五十英尺高处的石洞中倾泻而下，从喷出的断裂处铺开华丽的水毯，溪水穿过一道道峭壁，激荡着冲下山谷。

左侧岩山拔地而起，加上从旁生长的紫杉和灌木，足有三百英尺高。这还不算最壮丽的风景。抬头往右望去，一道瀑布震慑人心。瀑布底部倾斜，一块巨石越过头顶，表面没有丝毫裂痕，笼罩四周如同危险的穹顶，站在底下的人不免胆战心惊。我站在瀑布下方约四码远处，永恒的奔流在耳边轰鸣，头上洒下细密的水珠。瀑布上方近天的那边，松散的石头悬在半空，仿佛随时都会坍塌。所以最好躲在底部的巨石之下，祈祷巨石安然无恙，祈祷地震远离这里。阴沉不安的天色，正与此处的野性相和，尤为令人敬畏。

老乌龟

吉尔伯特·怀特（1720—1793）特别喜欢这只老乌龟。1770年他第一次看到了这只乌龟，1780年从姑妈那儿继承了它。在写给朋友丹尼斯·巴林顿的信中（1772年4月12日），他描述了老乌龟提莫斯钻进土里冬眠的情景。1793年，这只乌龟（事实上是雌性）在三十多岁时死去。

去年秋天在苏塞克斯大学的时候，我住在刘易斯附近的村庄里。从那时开始，我就特别喜欢给你写信。11月初，我发现老乌龟在地钱木丛旁开始挖土，为冬眠做准备。它先用前腿刨地，再用后腿把刨出的土往后推。可惜腿短动作慢，比时针快不了多少。真是个淡定的小家伙，据说交配一次需要花上整整一个月。它不分白天黑夜地挖着土，试图把庞大的身躯塞进小洞，兢兢业业，无人可比。这个季节，中午特别晴朗温暖，正适合劳作。它趁着午间的热度一直在工作。我观察到11月13日，它的活还没有干完。天气再冷一点，清晨再来一场霜冻，它的进程就会更快。最令我印象深刻的是它对雨的羞怯。它背着厚厚的壳，就算满载货物的马车压过都不怕，它却对雨诚惶诚恐，像盛装的贵妇人一样，第一滴雨水洒落之时就赶紧躲雨，躲在角落里昂头仰望。仔细观察，它就是个晴雨表：如果早晨神采奕奕，仿佛踮着脚尖前行，早餐也充满了热情，那么天黑之前必定会下雨。乌龟是日间活动的动物，天黑之后决不

动弹。它和其他的爬行动物一样，肠胃和肺都非常坚强，可以大半年不吃不喝不呼吸。秋天冬眠之前，或者冬眠醒来之后，它什么都不吃，但是夏天吃得很多，总是狼吞虎咽，吃光眼前的一切食物。此外，它还特别懂礼貌，尤其在意那些关心它的人。三十年来，有一位老奶奶一直负责照顾它。每次看到老奶奶，它立即摇晃、笨拙地爬过去；但它对陌生人漠不关心。正如《圣经》上所书（《以赛亚书》第一章第三节）："牛认识主人，驴认识主人的槽。"这个迟钝的小家伙，总能轻易分辨出那只喂养它的手，每一次触碰都充满了感恩。

紫 杉

威廉·华兹华斯（1770—1850）歌颂了洛顿山谷古老的紫杉，阿勒代尔地区四棵紫杉如兄弟般相连，人称“博罗代尔四雄”（如今四者仅余其三，但依然相当壮观）。大树根深叶茂，见证着恒久的历史。

紫杉，洛顿山谷的骄傲，

独自傲立于自己的

阴影之中，一如往昔：

任乌姆夫莱威尔或柏西的军队

砍树磨刀出征苏格兰荒原；

或者史前跨海的军团，

拉起响箭射向阿赞库尔；

或者更早的克雷西与普瓦捷之战。

庞大的圆周，深沉的忧伤，

一棵孤独的树，存活至今。

缓慢生长，似乎永远不会枯萎，

身形雄壮，似乎永远不被摧毁；

尤其值得一提的是，

博罗代尔四雄首尾相邻，

构成一片肃穆恢宏的森林；

巨大的树干！每一枝

都蜿蜒着虬龙般的纹路，

向上盘桓，纠结缠绕，

这样的景象只可能出自幻想，

怎么竟来到世间；巨柱的阴影

投向寸草不生的红土地，

那里堆积着经年的松针。

暗紫色的华盖之下，

仿佛节日般装点着丑陋的浆果，

如幽灵百态，相聚正午：

恐惧与颤抖的希望，

沉默与预兆，死亡的骷髅，

还有时间的阴影，在此欢庆，

共同朝拜自然的神殿，

布满苔藓的石头就是天生的祭坛；

不妨静静卧躺，倾听山洪

从格拉莫拉深处山涧里发出的低喃。

地下的城池

托马斯·洛威尔·贝多斯（1803—1849）热衷于神秘学和死亡主题，《地下的城池》一诗描述了地表之下的地质和古生物奇观。

我尾随一条滑溜的巨蛇，
走进山边的洞穴，
蹚过湖泊，穿过河湾，
终于来到了城池的遗迹。
不像人类的建筑，倒像另一个世界，
仿佛年迈的地球回忆青春，
老去的行星留下最伟大的城池，
珍贵的图像保留在核心，
如梦，如影，又如幽灵。
死者的骸骨，毫无生气，
原来是另一个世界的骷髅。

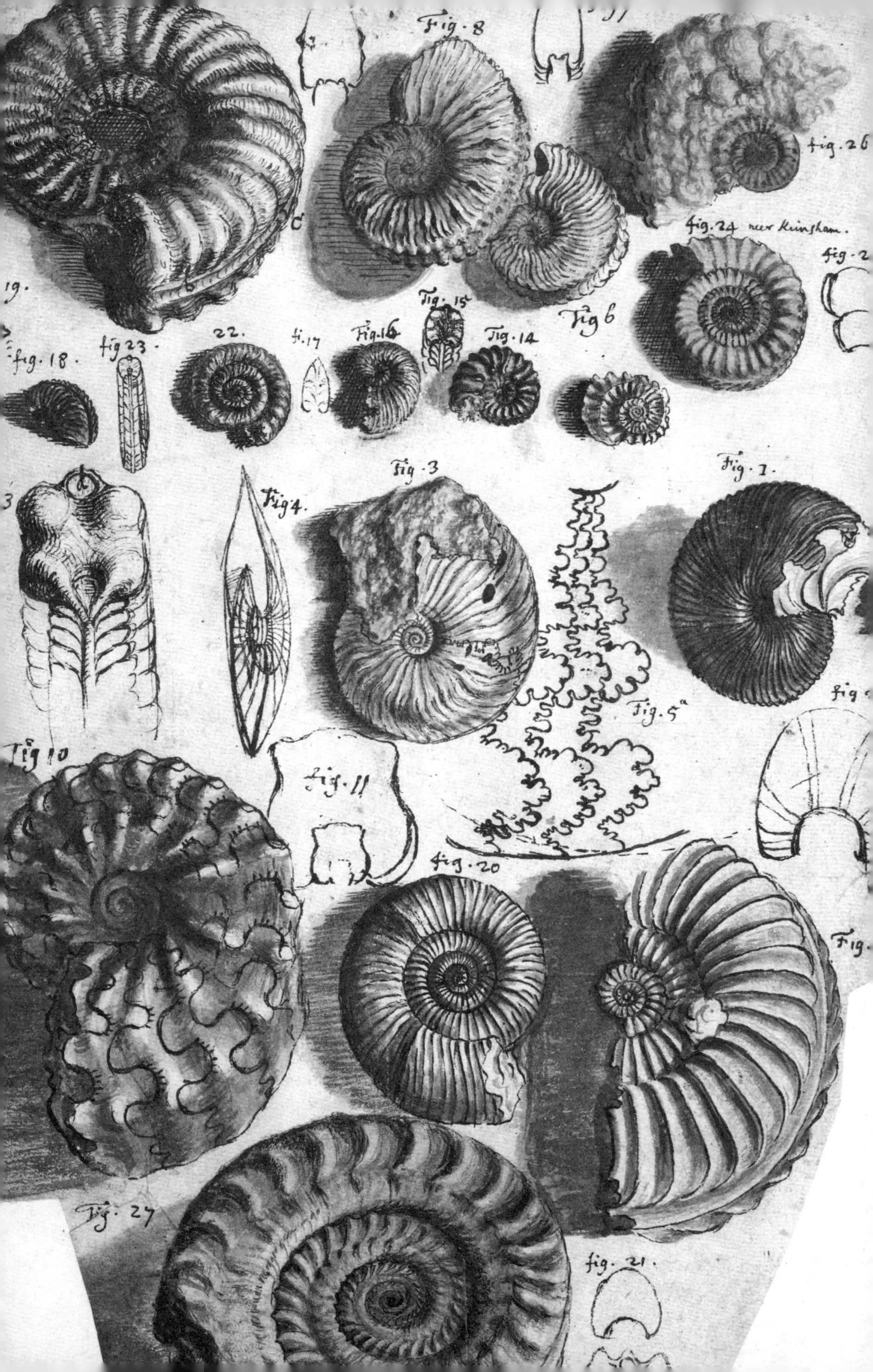
Fig. 8
fig. 26
fig. 24 neer Keinsham.
19.
Fig 6
Fig. 15
fig. 18
fig 23.
22.
fi. 17
Fig. 16
Fig. 14
Fig. 3
Fig. 1.
Fig 4.
Fig. 5a
Fig 10
fig. 11
fig. 20
Fig. 27
fig. 21.

猛犸的骨架如教堂的拱顶，

旁边还有其他巨大的遗骸。

如此庞大，如沉没的舰队，

遥想曾经的万物生灵，

植物化石上浮现高大的棕榈，

不需刀斧，松针深深刻进石头，

高高的蕨树在地震中摇晃，

折断的枝叶埋葬了动物的巢穴。

宁静的荒原

夏洛蒂·勃朗特（1816—1855）所著的《简·爱》（1847年）中，简·爱得知阁楼上发疯的女人就是罗切斯特夫人，震惊之下逃离了桑菲尔德庄园，在原野上游荡，寻求心灵的慰藉。

我直奔石楠花丛中，沿着棕色荒野上的深沟，穿行于齐膝的深色丛林，顺着弯道拐过去，从一个特殊的角度就可以看到上方青苔遍布的花岗岩峭壁。我坐在岩下，抬眼看着上面的荒原。峭壁护在头顶，之外是广袤的天空……

我抚摸着石楠花，花儿有点儿干，残余着夏天的温暖。我抬头望天，天空那么纯净。一颗星星闪耀在峡谷的山脊上，多么亲近。露珠垂落，带着温柔，耳边没有微风的轻语。大自然如此愉悦，如此慈祥。我想，她一定是爱我的，哪怕我四处流浪……

这里到处是成熟的山桑子，如墨玉般散落在石楠花丛中，我采了一把，就着面包吃起来。我本就饥肠辘辘，多亏了这隐士的食物，虽没吃饱，也多少有些满足。吃过晚饭，做完祷告，我和衣而卧。

峭壁旁的石楠花丛很深，我一躺下去，双脚就淹没在花丛中，身侧高高的石楠，只留下狭长的空隙，任夜色侵袭。我把披肩对折，盖在身上，头枕着长满青苔的矮墩入睡，并不觉得冷，至少在夜色刚刚降临时如此……

然而第二天，渴望又如鬼魅般回到我身边，如此苍白，毫无遮掩。鸟儿早已离开了巢穴，蜜蜂也在这一日之中最甜蜜的时刻，趁着晨露未干，飞进石楠花丛采蜜——直到清晨的长影缩短，直到太阳普照大地和天空——我起身看了看四周，多么温暖、宁静而美好的一天！舒展的荒原多么像一片金色的沙漠，处处阳光照耀！真希望就这样一直住下去。身边一条蜥蜴爬过峭壁，蜜蜂在甜蜜的花丛中忙碌。此时此刻，我多么愿意化成蜥蜴或者蜜蜂，在荒原中一定能找到适宜的养料和永久的居所。但我是一个人，有着人类的渴望，那是荒原永远无法满足的渴望。不能再停留了，我站起了身。

莱格的沙子会唱歌

休·米勒（1802—1856）是一位自学成才的地质学家，名作有《古老的红砂岩》（1841年），作品善用明喻与暗喻。《贝奇漫游记》（1857年）描述了赫布里底群岛的夏日之行时，在莱格岛上的奇妙发现。此文虽长，却锲而不舍，令人惊讶。

我们一路北行，眼前一大片白砂岩，绵延约半英里直到海边。白砂岩质地柔软，被海浪侵蚀成各种奇形怪状。低崖底下已被掏空，向外突出，仿佛一只搁浅的船。突出的海角成了一道高高的拱门；拱门前的码头外面（如果能称之为码头的话），砂岩侵蚀成一座巨大的雕像，仿佛人的膝盖，一条瘦腿连着八字脚，正跨步向前，笨手笨脚地向碎浪行礼。

再过一两个冬季，白砂岩变得更薄更脆，巨大的骨架就碎成了面粉，勉强倚着搁浅的船，再难保持行礼的姿势；拱门和码头也歪歪斜斜地倒在沙滩上。海浪拍打着白砂岩地层，长年累月，砂石地层已经低到了海岸线，其中沟渠纵横，仿佛无数高墙两两相对，中间隔着深深的方形壕沟，四边平行，贯穿不规则的海岸线。壕沟宽度自一英尺到十二英尺不等，再往上约三至六英尺便是高墙，巍然直立，如同断壁残垣，两两相对，背朝着不规则的海岸斜坡渐渐低矮。岩滩上还有一个大铁块与下方的岩石浑然一体，上有方形槽和耳形凸起，用来支撑轨道的枕木，如今已渐渐融入了周围的壕沟和高墙。这些都是当年土筑海堤仅存的遗迹，与柔软的砂岩成为一体之后，硬度堪比石英岩，多年的侵蚀只刻下一道道直线裂纹，周围竖立的高墙也是这样的材质。侵蚀之下形成的怪模怪样，往往与砂岩有关。在岩层上部，最高水位线之下，侵蚀过后的砂岩看起来像一大片巨型蘑菇，延伸数百码之远。蘑菇的支柱坚实有力，高一英尺到十八英寸；蘑菇头圆圆的，尺寸大小不一，最小的直径约一英尺，最大可达两码。偶尔也能找到两个蘑菇头凑在一起的砂岩，看起来就像一个“8”，印刷工人将这种造型称为“埃及体”；借用麦克库洛赫的说法，“就像古代的双头弹”。还有三个头的造型，像三叶草，也像纸牌里的梅花 A 去掉杆。除此之外，大多数都是球形的蘑菇，凝固坚实，像海堤的高墙一样逐渐演变成坚硬的硅质岩，只是转变的过程与壕沟高墙稍有差异。这些蘑菇抵挡住了天气的影响和浪花的冲击，而扎根的海床却早已渐渐崩塌，只剩下一个个球形的蘑菇头孤零零地留在海滩上，像巨大的炮弹弹头。和它们相比，芒斯蒙哥大炮的炮弹简直就是孩子们玩的玻璃弹珠。还有些大蘑菇从壁画般的峭壁上伸出来，仿佛被大炮射入了陡壁，牢牢地镶嵌在那里。阿伯茨福德以石头和石灰岩的浪漫造型而著称，而这片莱格海滩充满了野性而美妙的故事，仿佛柯勒律治长诗《克里斯特贝尔》舞台剧那奢侈的演员阵容，又仿佛《古舟子咏》的吟唱刻入了砂岩。然而，更为奇妙的景致还在后头。

低低的砂岩海床缝隙中填满了细石英砂，纯白而洁净，在阳光下反着光，好像晾晒的面粉。这些石英砂都来自破碎的砂岩，我们只找到了小小的几捧，仿佛在浪涛中遗落下来。过去的一两个世纪以来，海床上的砂岩逐渐消失了好几百立方。越往北走，白色的细砂越多：有的堆积在潮水所不及的高处，成了荒草覆盖的小山丘；

有的一直延伸到海平面下，阻着水波，泛起涟漪；还有的在浅滩之间积成平坦狭长的岬角。继续往北走，最终来到了一个不规则的小海湾，约百来米宽，湾底铺满了细砂，伸入大海的砂石滩白中泛绿；远离大海的砂石则侵蚀着大地，沉积的海岸线上长满了常见的沙地植物。砂岩海床侵蚀至此，已经很难保有化石，只留下几处碳化的树根；但在更深更硬的地层还能找到一些贝壳。我手里这个刚刚采集到的双叶壳，就很像如今海滩上常见的贝壳。这一片散布着鱼卵石的沙滩，仿佛退回到了原初的模样。不久之前流落于此的贝壳，与这里多年前就已灭绝的贝壳那么相似，仿佛时间从未流逝。就在这时，我突然发现，随着同伴踏下的每一步，脚下的砂石发出奇特的声音。我也试着用脚敲了敲，太阳之下干透的砂石发出高亢尖厉的声音，类似弹牙线的声音。我大步走在海滩上，每一步都刻意敲击着砂石，倾听着脚底的音响一次次响起。同伴也开始学着我的样子踩击沙地。我俩共同演奏着交响曲，虽然音调比较单调，但绝对是与众不同的乐声。莱格海湾的鱼卵石沙滩唱起歌来，可比埃及的大石像唱歌更令人惊奇。我们在一大片干爽的沙地上前行，脚下追随着呜、呜、呜的声音，二三十码之外都清晰可闻；我们还发现，脚下三四英寸深处的地层有些潮湿粘连，上面的沙地却干燥细腻，因而声音更加响亮，更加尖锐。只要脚步轻踏，沙子就会唱歌。

山无言

哈里特·马蒂诺（1802—1876）在《湖区指南》中建议读者从吕达尔出发，经纳布斯卡徒步走到费尔菲尔德，这条路线最能体会坎布里亚郡高山的深沉与宁静。

雄壮的秃鹰从荒野上的巢中腾空而起，或从峭壁俯冲到山间水鸟出没的泉池。炽热的阳光下，万籁俱寂，只有小虫子窸窸窣窣的声响。老牧羊人把四个量雨器放在四座山上，那里极其偏僻、充满迷雾，有的山峰沉入云下，有的山峰冲上云霄。老人每月一次，记录量雨器的读数。只见一个高个子老人带着工具，渐渐消失在视野，消失在云中，消失在山间的缝隙里，仿佛科学在荒野中设下神龛，在牧羊人中选出了牧师。老人目睹过一切美好，听闻过一切曼妙：他曾跨上彩虹，穿行于迷雾，也曾见过冰雹与闪电，而这一切都浓缩在手中的量雨器上。他也曾在骄阳之下倾听雷鸣，感受暴风骤雨在脚下爆发，只有他懂得山的无言，以及一切打破寂静的庄严。

待到温和的夏日，陌生的客人来到这里，立刻惊叹于山的宁静，永远宁静，仿佛没有穷尽。极目远眺，身旁足下的连绵群山如翻滚的波浪，初来的人们禁不住赞叹。偶尔还能看到飘忽的云雾，幽灵般的山峰在云雾间出没，云雾苍苍在山头间移动。雾气时而飘浮在山谷，时而自山间的裂口中钻出，时而在绿色的高坡上休憩，

时而盘桓在黝黑的峭壁。阳光中的溪谷宛若天堂，明丽的草地，水流与树荫，其间散布着零零落落的小小村庄。一路向南，穿过利文与达登河口，便是波光粼粼的海洋，海边河岸铺满黄色沙滩；往东山峦如海；往北是阿尔斯沃特湖，在黝黑的峭壁下显得苍灰而平静；近处还有一条小路，通往帕特代尔的山口，兄弟湖就隐藏其间。这条路线的精华在路程正中间，上可仰观北边峭壁雄壮，下可俯视迪普代尔与其他甜蜜的村庄。听听这里湍急的水声，自峭壁上奔腾而下，到此间安息。北方的风光与南边长长的绿色斜坡相互映衬，对比强烈却又如此和谐。斜坡延伸到吕达尔河的源头，再往下便是吕达尔的森林和山脉。行至此处，海拔约 2 950 英尺，旅人想必早已大饱眼福。

青青绿草

威廉·莫里斯（1834—1896）在《英语画刊》（1890年第7册）首次发表了他的北欧奇幻系列作品《闪闪平原》（又称《活人的土地》），1891年在他自己的凯姆斯科特出版社将其印成书出版。本篇“一首小歌”选自第十八章。

天地间披上了秋色，多么美丽，

懒洋洋的太阳拉开长长的睡意，

冬天将至，白昼多么甜蜜，
所有的风也仿佛死寂。

金黄的螃蟹无声地挂在篱笆前后，
如同春天的花朵般鲜亮，
园林无声，梨子早已长得肥厚，
只有无畏的知更鸟还在歌唱。

春天之美，在于青青绿草，
没有太阳，日子多么无聊，
夏天纵好，却过于喧嚣，
甜蜜的日子总是消逝得太早。

来吧，亲爱的，宁静已降临，
不会再失败，不必再忧愁，
剩余的可能已经穷尽，

一起来迎接新年的收获。

走出水边灰暗的老街，

远离大海饥渴的嘴唇，

草色又绿了屠戮后的原野，

一切都是你和我的青春。

疯狂的海口

萨宾·巴林—古尔德（1834—1924）曾于1839年来到锡顿附近的大宾度地区，在这里的经历启发他写下了《温弗莱德：白崖的故事》(1900年)。故事中简·玛利接到海口崩塌的警报，必须尽快离开家园。

没有风，正是起潮的时刻。离海边半英里之外的地方，海水如沉睡者的胸口般有韵律地起起伏伏。没有车轮滚滚，也没有马蹄声声。

但在靠近陆地的地方，海面已然沸腾，卷着泥沙的海水从深处涌上来，铺成一道白花花的大毯，与浪潮相碰，激碎成小小的浪花。海面仿佛有一头红棕色的巨大怪物，背脊在水面浮动。

“涌上来的是淡水，”那人说，“有个伙计下水尝了一口。不是深处的海水冒上来，而是陆地上的淡水灌进了海里，你见过这种情况吗？”

“见过，”简说，“也有类似的事情，但没这么大动静。那时候裂口还没成形，我住的村子就崩塌了。”

“是啊，都塌了，这样的破坏力，以前那些小灾小祸根本不能比。天知道灾难何时开始，波及多远，现在你知道我干吗催你走了吧。”

她回到家，却不料流氓奥利夫·丹什把她绑了起来，偷走了她

藏的金子。她挣扎着来到窗口。

丹什不知所措地站在窗外，一脸茫然。就在这时，她的房子像船一样晃动起来。地面裂开，像水一样流动，一下子拱起巨浪，一下子又陷入了深渊。简透过小小的窗户往外看，就像从客船的舷窗望向翻腾的海面。房子突然一顿，猝不及防，简也摔倒在桌边……

她的女儿温弗莱德正在到处找她，整个村子一片恐慌。

她顺着通往村庄的小路走去，忽然听到由西而东的巨大吼叫，紧接着传来奇怪的撕裂声——地面撕开一道锯齿形的口子，像一道闪电。裂缝越来越大，地面倏地隆起，不住地晃动，继而向下陷落，地面完全裂开了。另一边，一道裂缝在他们眼前冒出，近一英里长，横亘小路，跨过树篱，将大片高原和崖下的坡地从大陆上撕裂开来，吞入地虫的肠胃深处。

有人抓住温弗莱德肩膀，把她拉了回去，站在这里太不安全了。脚下的山崖，不断崩塌成碎片，掉进崖下的深渊。裂缝拉得越来越宽，大块的岩石和地面在眼前。大地剧烈地摇晃着，像一大袋正在融化的冰块，摇摆着，跳动着，碎成一块又一块。有的像柱子一样升起来，有的像牛角一样弯下去，还有的艰难地保持着平衡，最终倾向一边，坠落下来，消失不见……一大片陆地，不知有多少亩，就这样从大陆上割离开来，顺着斜坡滑到海里。就在此时，海里陡然升起黑色的山脊，如同鲸鱼的脊背，缓缓露出水面，顺着裂口平行的方向延伸。

人们屏息凝神，陷入沉寂，惊恐万分地看着大地震荡，看着海岸与地面改变了轮廓。

突然，大家听到一声呼喊，一个人影从正在坍塌滑坡的地面上往这边冲过来，那不是简·玛利，而是个提着毛毡旅行袋的男人。刚开始，大家都没有认出他是谁；多亏负责本次行动的上尉有个望远镜，认出了那人就是船夫丹什。奥利夫·丹什吓坏了，看到人群就拼命往这边跑，一直跑到了村庄小路上的裂口旁。裂口越来越宽，他离大陆越来越远，仿佛即将乘船入海，心里却想弃船而逃，逃向岸上看着他的人群。人们望向吞噬大地的深渊，那里深不见底，只看到沸腾的石灰岩与鹅卵石。脚下三四百尺处偶尔喷出水柱，像一只巨大的水螅，张开大口，咀嚼吞噬，食物在喉咙和肠胃中蠕动。

深谷

爱德华·托马斯（1878—1917）深爱威尔特郡风光。1914年12月的诗《深谷》描写了马尔伯勒丘陵北边的峭壁。

峡谷幽幽，古老而幽暗，

入口布满了荆棘与石楠，

没人能爬上湿滑的白垩，

穿过榉木、紫杉和枯萎的杜松。
一侧悬崖之上，树根
与兔子的洞穴搭成天梯，
冬日夏月，以及钟爱杜松的鸣鸟
突然噤声，只剩槲鸫依旧聒噪。
峡谷如此古老而幽暗，
獾也在此死于非命，
驱出了洞穴，身后追逐着猎狗，
它们才是英国最古老的野兽。

小乌龟

D.H.劳伦斯（1885—1930）居住在意大利时对乌龟产生了浓厚的兴趣，出版了六首乌龟诗（《乌龟》，1921年）。《小乌龟》是其中的第一首诗，与吉尔伯特·怀特对老乌龟提莫斯的描绘形成了鲜明的对比。

你可知生而孤独意味着什么，

小乌龟！

第一天抬起脚，一点点伸出蛋壳，

没有完全苏醒，

恍惚中来到世间，

尚未真正成活。

幼小、柔弱、奄奄一息的小东西。

努力张开小嘴，如沉重的铁门，
仿佛永远无法开启；
终于抬起了鹰嘴般的上颚，
伸出瘦弱的脖子，
第一次咬向嫩草模糊的边缘，
孤独的小家伙，
睁开了明亮的小眼睛，
缓缓移动。

第一次独自觅食，
缓慢前行、孤独地寻找，
明亮的黑色小眼睛，
如同被惊扰的黑夜，
慢腾腾的龟壳下面，一只小小的乌龟，
如此不屈。

从不抱怨。

从头巾般的褶皱中慢慢伸出脑袋，昂首向前，
一步一步，靠着四足的支撑，拖着沉重的身躯，
慢悠悠划向前方，
你要去哪里，小小的鸟儿？

像小孩子伸展四肢，
你缓缓前行，永无止境，
而小孩子却始终留在原地。

阳光让你欢欣，
长久的行进，徘徊的寒意，
你停下来打了个哈欠，
坚毅的嘴巴，
突如鸟喙般大张，

如同敞开的螯钳；

露出柔软的红色舌头，以及薄弱而坚定的齿龈，

然后突然合上，

小乌龟，你的脸就像凸起的山石。

为什么头在褶皱里缓缓转动，

为什么黑色眼睛直直地盯着，

你是否也对这个世界充满了好奇？

抑或只是睡意再度来袭，

无关生命？

清醒太难。

你是否还有好奇的能力？

难道一切只是出于不屈的意志和初生的骄傲，

你才四处张望，

努力克服惰性，

即使这天性难以抵挡?

荒凉的大世界,

明亮的小眼睛。

冒险家。

不,带壳的小鸟,

外面的世界如此单调,

所以必须挥翅以对,

真是难以预料的天性。

冒险家。

小小的尤利西斯,小小的先驱者,

还没有我的拇指大,

祝你一路平安。

你的肩上扛着所有的生机，
前进，小小的泰坦，背着你的战盾。

广袤而沉闷，
毫无生机的宇宙中，
你缓缓向前，独自，开辟。

纷乱的日光中，你的旅程如此生动，
克己坚忍，多像尤利西斯；
你突然加快速度，无畏，前行。

无声的小鸟，
从褶皱里半伸出脑袋，
永恒的停顿中有你缓慢的尊严。

独自一身，却不觉得孤单，

从此便是六倍的孤独；

混沌的世界里，你的小圆房子充满了

缓慢的激情，艰难穿越无边的岁月。

花园的土地上，

小小的鸟儿，

走过了每一寸土地。

旅行者啊，

你的尾巴微微偏向一边，

如同绅士的长袍。

生命扛在肩头，

你这不可战胜的前行者。

十字架，十字架，

比我们的所知更加深刻，

更加深入生命；

刻进脊髓，

穿过骨肉。

雪变

莉莲·鲍尔斯·里昂（1895—1949）是伊丽莎白王太后的表亲，居住在英国诺森伯兰郡的瑞德利庄园，北方的风光滋养了她的诗歌与小说。1928年出版的这本《白兔记》描绘了冬天野兔的生活，充满了自然的妙趣。

原野的边沿，

雪绒般的莎草间，

隐藏着白色的野兔；

那是她的领土。

夏天她一身棕毛，

颜色如同勃发的野草，

貂儿般柔软的奶白色肚皮；

万物中数她最美丽。

丝绸般的青春年月，

她也曾欢欣跳跃；

或在山顶，

追逐着爱情。

她举步轻盈，

时时出入穿行

在玉米挂穗的田埂；

直到猎人的号声，

吹响死亡的命令，

她瞬息不见了踪影。

多亏她五感灵敏，

小家伙逃得性命；

欺过了吵闹的猎狗，

逃出了兽夹和猎人的袋口，

穿梭于陡峭的岩石缝里，

智慧胜过尖牙的狐狸。

如今隆冬已到；

北风冻结了河道，

水晶般的歌咏。

冰晶掩映之中，

只留冻僵的蕨类几棵；

期待严寒渐渐缓和，

美与恐怖交融；

战争从不放松。

野兔伏低了身形；

放开胆子，瞪圆了眼睛。

北风如割，天色如焚，

她跃下山岗，告别了青春。

走出了花季的丰盈；

走出了轻快的任性；

不再是三月的游子；

正午即将远逝，

黑暗正在徜徉，

天幕厚重如墙，

云层积着冰霜，

笼罩大地苍茫。

爱情曾孕育的一切想象，

正是如今万物的模样。

她也必须小心躲藏，

藏进布满荆棘的安乡，

谁能主宰她的命运，

这样的骨肉，这样的灵魂。

灰色的冰霜，

小美人的忧伤，

她的命运并不罕见，

时光回响着雪带来的改变。

Chapter 2

天

内心——还能是什么？
难道不是充满矛盾的天空，
任飞鸟喧腾，深处一缕
归来的风。

莱纳·马利亚·里尔克，
《星辰法则之外》，*1934* 年

风雨中

“对于维吉尔来说，大自然并非毫无意义的幻影，而是伟大的书卷，写满了神性的启示。”我手捧着维多利亚时代出版的《维吉尔作品集》，卷尾留下了这本书前主人赫伯特·布兰德（伊迪丝·内斯比特的丈夫）的这句评语。“没有任何作品像田园诗那样，将劳动的尊严置于战争的荣耀之上。”R.D.布莱克默尔不仅创作了《洛娜·多恩》，而且翻译了不少维吉尔的作品，本文摘自维吉尔的《第一首田园诗》，译自布莱克默尔的英语译本。

我要歌唱秋天的星辰和风暴，

那时白日渐短，夏阳渐少，

还在等什么？春日已消，

狂暴的大雨何时来到，

丰收的谷物何时成堆，

绿色的茎上何时胀起乳白的麦穗？

我常常看到——大风吹过，

指引收割者穿过金色的王国。

行行抛撒收割的大麦，

呼呼吹响战争的澎湃。

连根拔起孕育中的玉米，

卷上高空，冲破天穹，

芦苇、谷束全都飞上天空，

旋转上升如乘着黑色的泉涌。

磅礴的大雨从天而降，

云层如海，风雨苍凉，

拱形的天穹崩塌在雨中，

田园谷穗毁于洪水汹汹，

沟渠滔滔，河谷咆哮，

大海嘶鸣着，推倒痛苦的浪潮。

深夜云中有天神凌驾，

手擎雷电，当空掷下，

瞬时大地震动，苍白幽幽。

狮子和苍蝇，还有地心在颤抖，

神用火焰在尘埃中冲刷，

阿托斯山，罗多彼山，或者高高的萨拉，

风风雨雨冲出双倍愤怒与骄傲，

森林和海岸在暴风雨中悲号。

畏惧风雨，不如向星空仰望，

冰冷的土星在远方游荡，

放弃了天堂宽广的轨道，

只有库勒涅山的火焰终年环绕。

翅膀下的风

神圣罗马帝国皇帝腓特烈二世（1194—1250）于1245年汇编了一部《驭鹰有术》，这是一部流行的中世纪手稿。本文译自艾伯特·凯西·伍德的英语译本。

鸟儿本能地预知何时迁徙，往来于温暖的南方，时刻准备应对风雨……它们懂得选择温柔适宜的风向。向南飞需要北风，无论侧风，还是从后往前吹的风，都很适合飞行。它们像出海的水手，庄严地等待着合适的来风……即使在夜晚，我们也常能听到迁徙的鹤群、苍鹭、野鹅与野鸭从头顶飞过……领头的一只或者几只鸟儿，招呼身后的鸟群。它们精通风与天气，趁着宜人的时光，飞往远处的安乡。体力较差的飞鸟会推迟行程，耐心等待足够长时间的好天气去完成迁徙的旅程……

迁徙的队形也很有讲究，海鸟可不像陆鸟那样没有秩序。陆地上的鸟从不关心谁领头谁压后。海鸟则完全不同，一只头鸟构成鸟队的顶点，其他的鸟一只接着一只，分列左右两排。有时不止一支鸟队，好几排鸟儿都在顶点汇集，形成金字塔的形态……

鸟群中必定有一只头鸟，鹤群尤其如此。头鸟不仅指点方向，还要观察前方的危险，在发生意外或者转向的时候及时告知同伴，可以说整个鸟群都是在头鸟的指引下前进。如果头鸟累了，就会让出领头的位置，由身后另一位有经验的伙伴接替它，而原来的头鸟则退居后方。亚里士多德曾经认为，同一只头鸟带领整个鸟群完成一次旅行，这种说法并不正确。

彩　虹

1260年前后，巴特洛迈乌斯·安戈里克斯（1203—1272）完成了百科全书式的巨著《物之属性》，这本书被称为“中世纪知识大全”。威廉·莫里斯曾为此书1905年版本作序，赞赏此书“文辞古雅”，读起来“令人愉悦且颇有所得”。

彩虹是云露生成的奇妙景象。千丝万线的雨后，彩虹如镜中倒影般闪现，形如弓，色缤纷，映照着日光或月辉。不过月光很少能形成彩虹，亚里士多德说他五十年来只见过两次。

彩虹横跨晴朗的天空，形态有别而色泽相似。比德说，彩虹如镜子般照出世间万物，彩虹之色源自四种最常见的元素。红色来自火焰，绿色来自大地，褐色来自天空，再从水中取来一点儿蓝色。红色从光束中首先脱颖而出，染红了云弧的外围；中间那点儿蓝色，充满了水雾之中的神秘；下边的绿色如同云的底端；而云中的水雾与大地相接。除了这四种主要颜色之外，其他颜色就不那么显眼了。比德有个很有意思的说法，据说四十岁以前的年轻人看不到彩虹，因为彩虹是枯竭的象征，是元素的消散。

天空的色彩

达·芬奇（1452—1519）在笔记中记录下了对万事万物的深入观察，迸发出绘画与发明的灵感。此篇译自让·保罗·理查特1888年的英译。

天空湛蓝，并非本色，而是源自水受热化作细微不可见的水分子，太阳光洒落其上，在广袤的深色天幕映衬下熠熠生辉，才呈现出蓝色。蓝天是天幕的一部分，天外便是残酷的无限黑暗。我是在攀登罗萨峰的时候，注意到这一点的。罗萨峰位于阿尔卑斯山脉，将法国和意大利分隔开来。山脚发出四条河流，流向四方，贯穿欧洲。没有哪座山像罗萨峰这样伟岸，拔地而起，高入云层；从不下雪，只在夏天刮起冰雹，因为这是云层最高的时节。冰雹在山顶堆积不化，若非偶尔云层升降吸收了冰雹的水汽，只怕积冰将覆盖整个山巅。我在七月中旬登上山顶，发现积冰仍然很厚。

抬头望向深邃的天空，山顶的太阳似乎比低处的平原上更加明亮，这是因为山顶的空气更加稀薄。

要讲清楚天空的色彩，还可以观察枯木燃烧的烟尘。烟囱里刚刚冒出来的烟，映衬着深色的远方，看起来似乎也是蓝色的；烟越飘越高，映衬着明亮的天空，似乎突然转成灰色；原因全在于背景从深色转为明亮。当然，如果烟尘来自燃烧青嫩的枝条，则不会看到蓝色，因为水汽太重，不够透明，就像厚厚的云层，实沉沉地吸收了远处的光与影。天空也是如此，水汽太重就呈现白色，一小团湿热的云变成乌云，其实是深沉的蓝色。这些现象足以解释，天空的颜色只是光影的效果。如果大气自然的色泽就是透明的蓝色，那么透过空气与火焰，蓝色会愈发明亮；正如我们透过蓝色玻璃杯或者蓝宝石观察事物一样，蓝色越厚重，色泽就越深。但是大气正好相反，透过空气与火焰观察天空，天空显得更加苍白。靠近地平线观察尤其如此。空气越稀薄，透过火焰来看，天空的蓝色就越深，如同在低处平原上仰望天空。

正如前文所说的，天空湛蓝的色泽，来自湿润的水汽对阳光的捕捉。有时，一道阳光顺着缝隙照进黑暗的屋子，可以在光柱中看到烟尘的微粒。烟与尘又有所不同，灰尘的颜色看起来发灰，而更加稀薄的烟雾则呈现出迷人的蓝色。我们还可以观察远山的深色阴影。阴影处的天空显得格外湛蓝，而阳光照耀的部分则保留了本色。如果想要寻找终极证据，不妨用多种色彩作画，色彩中既要有深黑色，又要有透明的白色，涂抹在画面之上。这时就会发现，白色并不比黑色更能衬托出蓝色之美。

天空中的小精灵

理查德·布莱维特（1588—1673）在《变形记：人到荒野》（1634年）中描写了小燕子的生活习性。

燕子是天空中的小精灵，飞来飞去，处处都有它们的身影。燕子喜欢城市，喜欢与人比邻而居。燕子做窝与人类造房可完全不同。老百姓认为，它们的腿与人类相反，所以窝也是颠倒的。窝里没有窗户，没有后门，透光和出入全靠唯一的门廊。燕子挺着尖尖

的喙，守护家门，抗拒外敌，日日夜夜，不敢放松。它们生活轻松，只吃容易消化的食物，因此精神活跃、身体轻快。燕子不吃蠕虫，因为太恶心；不吃玉米，因为太费钱；不吃肉，因为受不了古埃及的肉锅。自然赋予了燕子轻快的翅膀，在空中俯冲、猎捕和倾听，就像森林的守护者。燕子特别会飞，以飞蝇为食，飞蝇再快也快不过它们。燕子不为任何人停留，全速而行，冲向目标，仿佛那是驯鹰场上的终点柱。可惜，燕子很难在一个地方停留太久，南下之前总是来不及留下讯息，只剩一个轻快的背影。

流　云

松尾芭蕉（1644—1694）是日本最伟大的俳句诗人之一，一生徘徊于乡野之间。本文选自其散文集《奥州小道》，中文译自蒂姆·奇尔科特2004年的英文译本。

日日月月是永恒的旅者，正如这来来往往的年年岁岁。有的人一生孤舟漂泊，老了也要控马而行。对他们来说，旅程就是人生，旅程就是归宿，许多人就这样老去在路上。

不知多久以前，我曾目送一道流云顺风飘走，从此兴起了漫游的梦想，然而直到去年，才得以漫步河岸水湾。我住在隅田川岸边一栋摇摇欲坠的小屋。秋节而至，我扫落小屋的蛛网，忽感昭华易逝；然而待到来春，再见春雾满天，心里又涌起渴望，渴望穿越白川。旅途之心召唤着我，教我沉不下心来。于是，我补好长裤，为草帽缝上新草，艾灸膝盖，准备出发，脑海里浮现出松岛的月亮。

松尾芭蕉的一首俳句：

冬日的孤独

只一颜色的世界

有风的声音

暴风雨

詹姆斯·汤姆逊（1700—1748）主要居住在伦敦以及英格兰南部，但从小在切维厄特长大，儿时的经历成就了田园诗篇的灵感。伏尔泰流放英国期间曾经读到他的作品，盛赞其诗其人为“伟大的才华与伟大的简单”。他的四部诗篇《季节》（出版于1724年到1730年间）名噪一时，本诗摘自其中的《夏季》篇，描述了一场暴风雨的来临。

……周天寂静是一种预兆，

暗褐色在天幕扩散；沉重的雷声

从山间传来，比暴风雨降临得更早，

碾压着低吟的大地，扰乱了洪流，

无须一息，就震颤了整个森林的树叶。

热爱风暴的乌鸦，这群空中的掠夺者，

成群冲下最低的河谷，

翅膀遮蔽了晦暗的黄昏。

牛群幽幽地望着沉沉的天色，

眼神如泣如诉；人类遗弃了它们，

匆匆躲进了喧闹的村庄，

或者在山下的洞穴里躲雨。

听起来可怖，其实是无聊的娱乐，

一道闪电从遥远的南方

倏忽而至，撕裂了云层；

紧随其后，雷声虽慢，

却爆发出更深远的轰鸣。

天堂边缘传来庄重的闷响，

暴风雨咆哮，渐渐逼近，

碾压着风云，滚滚前行。

闪电划过巨大的弧线，不断分裂，

雷声震撼大地，直到

头顶的天空铺开铅色的火焰，

如大门敞开；然后砰然关闭，

敞开又关闭；再敞开再关闭，

大门敞开，然后在一道刀光中收尾，

轰鸣越来越稀疏，越来越沉重，

扩散、深入、混杂中，回响又回响，

碾碎一切，撼动天地，

紧接着便是暴雨泛滥，

滔天洪水自云中倾盆而下，

只有永不熄灭的火焰——

不可战胜的闪电艰难穿透天幕，

残酷地撕裂天空，或化作一团团红球，

用加倍的愤怒，点燃了山头。

动中诗

1778年8月7日，吉尔伯特·怀特（1720—1793）用生动的笔触记录了塞耳彭不同鸟儿的飞翔之态。

出色的鸟类学家，可以凭借鸟儿的颜色与形态来分辨种群，有时甚至光凭鸟儿飞行的姿态也足以做出判断。无论鸟儿在地面栖息，还是在天空飞翔，无论躲藏在林间，还是停留在你的手边，它们的气息各有不同。虽然并非每一种鸟都截然不同，但是大部分还比较容易辨别，往往第一眼就能有所感应，以便进一步观察判断。鸟儿之美在动姿之中——就像维吉尔所写的那样，“女神之美在步态之中”。

风筝与猛禽盘桓天空，展开的双翼一动不动。如今，英国北部仍然将风筝的滑翔称为“格立德”，这个发音来自古英语，是现代词语“滑翔”的前身。鹰隼，也称猎鹰，有一种独特的飞行技巧，能够长时间在半空中停留，展开的翅膀在风里轻轻颤动。鸡鹞则低低地飞越荒野与玉米地，爪子不时掠过地面，如同猎犬或者塞特犬那样。猫头鹰轻快地飞过，无声无息，比空气更轻，似乎需要压舱石才能镇住。渡鸦的飞行，最令人惊奇。闲暇的时候，它们在空中打闹，拍击着翅膀嬉戏，嘎嘎地叫着飞来飞去。黑色的背影一时飞上天际，一时突然落下来，几乎触地。这种奇怪的姿势可不容易保持平衡，它们在空中胡乱挥着一只脚，失去了身

体的重心。秃鼻乌鸦快活的时候，喜欢在空中俯冲翻转；乌鸦和穴鸟走起路来大摇大摆；啄木鸟飞姿如波，翅膀一开一合，恍若击水，身形随之上上下下，划出优美的曲线。这些鸟儿都善用尾巴，爬树的时候，尾巴就在后面支撑着身体。鹦鹉和所有钩爪的鸟类一样，走起路来别别扭扭，只好把嘴当作第三条腿，爬上爬下，格外小心谨慎。加林鸟则正好相反，走步优雅，跑路飞快，偏偏飞行有困难，莽莽撞撞，翅膀呼呼作响不说，而且只能飞直线。喜鹊和松鸦无力地拍打着翅膀，拍了许久也飞不起来。鹭鸟轻盈的身体，早已穿越了太多行程，宽大蓬松的翅膀，使它能够叼着大鱼辗转千里。鸽子和同类的司迈特鸟，双翅可以从背上拍击，仿佛一声响亮的击掌。翻斗鸟则能在空中翻斤斗。求爱的季节，鸟儿们的花样就更多了。斑鸠是一种特别强壮、飞得很快的鸟，然而每到春天只顾玩耍嬉戏。沙锥鸟一生蛋就忘了之前怎么飞的，翅膀扇得像猎鹰。金翅鸟最特别，飞行的样子跌跌撞撞，充满了痛苦，仿佛一只重伤垂死的鸟。欧夜鹰，也称“捕羊鹰”，像一颗流星划过黄昏的天幕，停留在树梢。八哥总是独来独往，槲鸫的飞行充满了野性，毫无规矩。燕子轻轻掠过地表和水面，急转和加速都那么轻快，显得与众不同。雨燕在空中轻盈地旋转。马丁鸟飞起来忽左忽右，宛若一只蝴蝶。个头小的鸟儿，飞起来一抽一抽，一边前行，一边忽上忽下。小鸟通常喜欢跳着走，但鹡鸰和百灵鸟喜欢两条腿交替着走。云雀高歌的时候，上上下下垂直浮动；山雀常常悬在半空；提雀上升下降划开很大的弧度，每每下降时唱出优美的歌声。白喉鸟在丛林灌木顶上颤动，做出古怪的姿势。鸭子走起路来摇摇摆摆。潜鸟和海雀像被绑着似的，站得笔直，靠尾巴支撑在地上。鹅和鹤等野生禽类，喜欢按照计算好的路线行进，飞行中不断调整姿势。野鸭之类身长较长的鸟类，飞行中的翅膀仿佛巨大的弯钩。黑水鸭、花鸡和黑鸭则直直地起飞，双脚下垂，几乎不离地面。原因很简单，它们的翅膀太靠近重心，而潜鸟和海雀的腿则比较靠后。

极乐诗章

罗伯特·布鲁姆菲尔德（1766—1823）生活在英国萨福克地区，原本是个鞋匠。他的诗歌《农家孩子》受到了一位当地乡绅的赞赏，得到资助出版，托马斯·毕威克为诗配画。1800 年诗文出版，畅销全国。《农家孩子》一诗描述了孩子冬天的劳作。著名画家约翰·康斯太布尔受此启发，绘出了诗中的夜色。

吉尔斯睡前要赶回羊群。

他不舍地离开壁炉，脚步匆匆，

满月照亮了眼中的欢荣，

穿过夜色无边的寂静，

他在愉快的月光中前行。

脚步轻快，顺着阶梯遥遥爬高，

周遭的一切仿佛都在微笑；

朵朵白云聚集在他身旁，

一切都是极乐诗章。

往下远望，直到视线尽处，

银色的月光映照着升腾的水雾，

随后月光与雾色各自飞散，

极致的喜悦掠过，如光影暗淡，

穿过光源；恍若消亡，

转眼却又更加明亮。

只因在那飘浮的云朵之上，

（遥远的天上，更加宁静的所在）

星星的光穿过天幕，超越万物，

无瑕如雪，美不胜数，

从东到西，散落广袤的天空，

美好得如同栖息的羊群。

那一刻，神圣的喜悦充满了心灵，

心中回响起万能的牧羊人那永恒之名。

雾海茫茫

1798 年，威廉·华兹华斯（1770—1850）开始创作自传体长诗《序曲》，又名《诗心的成长》，他一生都在为这首诗添加诗行。本诗节选自最后一本（第 14 本），作于 1791 年，描绘了夜爬斯诺登峰的情景。

月亮赤裸裸地挂在青天上，

万里无云，我的脚下

是弥漫着灰白色迷雾的大海，

群峰昏暗的背影浮在宁静的海面；远方，

遥远的远方，水雾在凝实，在伸展，

包裹着海角，海湾和海岬的影子

伸入广阔的大西洋，

那边水雾渐收，不再恢宏，

远远延伸到视线的尽头。

缥缈的天穹却非如此，

无可侵蚀，无可减损；

满月高悬，晴朗的夜空之下，

只有渺小的星星会消失、暗淡。

月亮却从高高的王座，

俯身凝视着海面的波光，海面

温柔而寂静，除了一道裂口——

就在我们脚下的海岸不远，

在那混杂、深邃、阴郁、呼吸起伏的地方——

海水、激流、无数溪河的奔流声不断高涨，

吼出同一个声音！

此时此刻，声音贯穿着大地和海洋，

仿佛触动了星光璀璨的天堂。

日沉月落

塞缪尔·泰勒·柯勒律治（1772—1834）和他的好友华兹华斯一样，特别喜欢描绘天空和大气。本文节选自柯勒律治的笔记，这本笔记于1895年以《心灵之诗》为名出版。

1801年9月14日

北方的光多呈蓝紫色，从斯基多峰后的巴森斯韦特湖上空缓缓而来，形成锥形的光束。

1801年9月15日

硕大的半个月轮渐渐沉没到山脊之后，映照着山脊渐渐沉没，山脊上露出的部分也缓缓地变幻着形态——起初像靴子的鞋跟，然后是三角形，后来就只剩一等星般的一道星光——夜幕降临，早已很难区分那光是月亮，还是一颗很亮的星星。月亮越来越小，色泽越来越暗。后来到哪里去了？不见了——山脊上徒留着几片羊毛般的云，发出琥珀色的光。

1803年10月21日星期五早晨，阳光明媚

小雨绵绵，山里升腾着水雾，不断变幻着形态（噢，博罗代尔山总是这样！），绝不是诗人笔下阴郁的模样。倾斜的光柱扫过湖面，把水雾映照得愈发洁白。湖边的山角仿佛巨大的扶手椅，在柔和的光影中散开深秋的多彩。明亮的白雾如卷卷的羊毛，在山顶与坡上流连又徘徊。云雾缭绕的山谷，显得越发狭窄，然而穿过博罗代尔的云山雾墙，仍然可以看到明亮的阳光。鸟儿在小雨中欢唱，仿佛回到了四月的春光，即将凋零的树叶亦如花朵般盛开。直直的炊烟在迷雾中升起，与周遭的雾气如此不同。隐隐约约的山形与博罗代尔峡谷在云雾中恍若一体，就连如柱的炊烟也仿佛纳入其间，渐渐模糊了深刻的阴影和坚毅的神形。

1803年11月25日星期五，落月

一夜风雨之后，天空恢复了宁静与洁白，淡蓝色的袅袅水汽，不再是浓云密布的模样。远远的山尖还顶着白色的积雪，稍矮的山峰只余青黑。月亮斜倚着峡谷缓缓沉降，穿过风云，渐渐隐没到温莱特山角之下。最初，月亮像个不太圆的蛋，也许是鸵鸟蛋吧（这两晚都只有大半个月亮），在黝黑的山角后面慢慢沉下去，就像给大山戴上了青色火焰的帽子。月亮越来越低，只剩一道月牙，躲在山后，远山仿佛燃着青色的火光，再后来只有山顶还有微光，仿佛一直都是如此。无论是一等星，还是二等星和三等星，都在涌动着光线。整个天空明朗起来，曾挂着金黄月轮的紫蓝色天幕，忽而变得白亮，那正是月亮过去半个小时穿过的那片天空。

1803年12月6日，落日

多美的落日啊！太阳从横贯湖边的纽兰兹山上落下，水光交映。天空晴朗，几乎无云，仅有的几片云落在斯基多山上，博罗代尔的最高峰处，还有赫尔韦林山那边，而太阳正好从一大片云中落山。云朵颜色变幻、形态各异，仿佛属于各自的山峰，与天空无关。落日给天空镀上一层金属的银色，镀金不尽完美，但似乎经过了精细的打磨抛光。有时，阳光照在冰雪上，薄薄的冰雪仿佛贝母，展开珍珠般的光泽。

最棒的是——有一个长长的周末，我住在格里塔庄园柯勒律治曾经住过的卧室，这真是难以抗拒的诱惑啊。骚塞和柯勒律治都曾经住在这座庄园，如今早已开发成了一座旅馆，深受浪漫主义爱好者们欢迎。

1805年1月15日星期二

我在窗边倒尿壶，突然为眼前的景致惊呆了。

1. 窗外一片黑暗，却仍能分辨出更黑的阴影。

2. 格里塔庄园和大湖泛着蓝灰色金属般的微光。

3. 黑暗中，山的轮廓隐约可辨。

4. 天空，月华所在之处一片明朗，云层密布之处则加倍黑暗，天上的阴沉昏暗与湖边的简单风光形成了鲜明的对比。

越过黑黝黝的高山，我的眼前展开一道灰白色的地平线，头上的天空不像先前那么暗了，只有我的眼睛和大湖之间的一大片不名之地，依然那么深邃；还有泛着金属般灰色光泽的大湖、大河，以及斑驳月色之下不断消退的黑暗，不知道什么颜色、什么形态的大山，依然那么深沉。

小燕子

1802年，威廉·华兹华斯的妹妹多萝西·华兹华斯（1771—1855）写了这篇关于小燕子的文章。她仔细观察一对小燕子的生活，记录它们在窗边做窝的整个过程（《多萝西·华兹华斯笔记》，第1卷，威廉·奈特编）。

6月16日星期三

小燕子来到了我家客厅窗下，似乎打算做个窝。不过我觉得在这个位置做窝可真需要点儿勇气，不如我的卧室窗下更适合。它们叽叽喳喳、忙忙碌碌，唱着欢快的曲调，挂在窗棂上，透过窗户就可以看到它们柔软的白色肚皮和剪刀似的尾巴。它们像两条小鱼，在天空中遨游，飞来飞去……

6月19日星期六

小燕子来到了我的卧室窗户下面，整个上午都在忙个不停……

昨晚威廉睡后，我又在床上多坐了一会儿。百叶窗是关着的，但我能听到它们的歌声。我养的画眉鸟冲它们发出不耐烦的尖叫，仿佛也在对我说话。外面很安静，小鸟的叽叽声显得那么忧愁。一刻钟前，猫头鹰就开始报晓了，刚刚又听到了鸡鸣，天差不多快亮了。我熄灭蜡烛，打算上床睡会儿……

6月25日星期五

下午茶之前，我先去花园，抬起头看看我那小燕子的窝。然而，鸟窝不见了，原来是掉下去了。可怜的小家伙，它们一定很伤心，其实我比它们更伤心。我赶紧上楼去看看情况如何，只见它们躺在窗台上一堆碎屑中。多可怜啊，这两只小燕子花了十天时间筑巢，眼看就要完工了，却不料毁于一旦。我曾经无数次看着它们从早干到晚，也曾在清晨和深夜看着它们肩并肩挤在未完工的小窝里休憩。它们刚来的时候，特别喜欢挂在窗棂上，白白的肚皮、剪刀般的尾巴，像两条小鱼。它们扑腾着翅膀，唱着自己的小曲。小窝越筑越宽大，简直像个平台，它们早早晚晚都待在窝里，但是没有过夜。有一天清晨，威廉也来到了尤斯米尔，花了一个多小时观察两只小燕子。那时，它们偎依在一起，似乎有一点羞怯，不时动一动翅膀，互相唱着低沉的歌谣。

小燕子重新筑窝。

6月29日星期四

八点了，不知道它们俩有没有待在窝里。在呢！它们就在那里，肩并肩偎依在一起，看着身下的花园。透过窗户，可以看到它们就在窝里；但我特意走出门去，想看看它们的表情。

7月8日星期四

小燕子悄悄地来，悄悄地去，静静地待在窝里，静静地唱了一会儿低沉的曲调，仿佛沉闷的知更鸟。

金　蛾

1849 年，美国著名儿童作家路易莎·M.巴辰以阿诗达·多马斯提卡（在拉丁语中就是蟋蟀的意思）为笔名，完成了三卷本《昆虫的生活》的写作和插画。书中收录了许多诗歌、寓言和奇闻趣事，深受小朋友们欢迎。

1847 年 7 月，我们发现了一群小飞蛾（比蚜虫可大多了），奢侈地聚集在一起，泛着黄金般的光芒。那天，我们和往常一样，正在一棵白桦树的树皮里勘查昆虫宝藏，银色的树皮里面突然泛出一小块金子般的光泽，最丰沛、最红火的金矿也无法比拟，近看之下愈发纯粹动人。那里趴着一只飞蛾，全身如抛光镀金，交织着半透明的白色斑纹，边缘还点缀着金色。小家伙正在休息，只能看到头部的锯齿，遮住了柔软的灰黑色下腹。我们小心地把这位镀金的小仙女装进药盒子，回头反复搜寻那块白桦树树皮，试试能不能找到更多同类。刚开始什么也没有找到；后来，我们突然发现，有一块白桦树的树皮特别松动，不知是因为时间还是风雨的侵蚀，一拉就垮下来一大片。树皮里面挂满了白色的茧，有些已经空了，大部分尚未破茧。我们的金翼女王是否也来自这丝绸般的白色宫殿？不出几天，这个猜想就被证实了，另一只同样美丽高贵的小生命破茧而出。可惜我没有请教博学的昆虫学家，说不出金色飞蛾的科学名称（后来才知道，此蛾学名谷蛾，衣蛾也属此科）。

让我们近距离看看这种小昆虫吧。俗话说得好："发光的未必都是金子。"金蛾表面炫目的金色来自一层透明的棕色外壳，覆盖着白色的身躯，类似于锡箔烫金皮革工艺中用黄色的清漆覆盖表面，就能形成金光闪闪的效果；白色的斑点则是因为同样的外壳之下皮肤颜色更浅之故。大家经常看到的金色和银色鱼鳞，都是同一个道理。人造珍珠制造商把表皮之下的白色物质称为"珍珠箔"，将这种工艺广泛运用于人造珍珠制造之中。

闪　电

1803 年，詹姆斯·奥杜邦（1785—1851）搬到了宾夕法尼亚州的乡村生活，深深爱上了大自然，特别喜欢观察各种鸟类。“我很亲近自然……有一种近乎疯狂的热爱。”1849 年，他与苏格兰博物学家威廉·麦吉利夫雷共同撰写的五卷本《鸟类传》顺利出版。奥杜邦对于白头鹰（法尔科鹰）的描绘，充满了爱国热情。

无人不知这高贵的鸟，它的形象永远铭刻在国徽上。无论严寒的大陆，还是温暖的海岛，哪里都有它的身影。它在风中展开翅膀，将自由和平的国家信念，传播到最偏远的角落。愿和平自由永远高高飘扬。

白头鹰，伟大的力量，勇气与冷静，还有无与伦比的飞行能力，无不使它脱颖而出、睥睨四方，它的形象足以解释高贵的含义。它的每一个动作，无不凶狠、傲慢而残酷，却正与它的身份匹配，造物主赋予了它这样的特质来统治世界。

亲爱的读者，如果想更好地了解它，请随着我的笔墨来到密西西比河畔。冬日临近，河上聚集着北方飞来的水鸟，希望在这温暖的水边度过严冬。白头鹰巍然挺立，栖息在宽阔的河畔、最高的山顶、最高的树梢，闪亮而严肃的眼睛，俯瞰辽阔的大地。它倾听着风中每一个声响，时不时瞥一眼脚下的大地，绝不会错过小鹿轻盈的脚步。它的伴侣栖息在对面的树梢，在万籁俱寂中发出一两声叫喊，提醒它保持耐心。听到叫喊，雄鹰微微张开宽大的翅膀，稍稍倾下身子，用一种类似疯笑的叫声回应爱侣，下一刻又恢复了笔直的站姿，周围一片寂静。水鸭、绿头鸭、赤颈鸭等各种野鸭，小心翼翼地从它跟前飞快地游过，它全不在意。过了一会儿，远方传来天鹅的叫声，如远远吹响的高亢喇叭。天鹅越来越近，越来越近，雌鹰发出尖厉的叫声；而在小溪对面，它的爱人也同样警觉。雄鹰抖了抖全身的羽毛，鸟喙的动作牵动着全身的肌肉，随时准备俯冲而下。天鹅雪白的身姿早已进入了视野，它伸着长长的脖子，目光锐利警觉，一如它的天敌。它拼命拍打着翅膀，宽大的翅膀却似乎难以支撑身体的重量。它拼命拍打着翅膀，把腿收到尾巴下边，想要飞得更快。没用的，雄鹰锁定了猎物。天鹅飞过的一刹那，雄鹰一声长啸，在天鹅听来，比一声炮响更加致命。

这是见证力量的时刻！雄鹰像一颗流星从高空划落，像一道闪电降临人间，带来绝望和痛苦。残忍的利爪任凭花招使尽，也休想逃脱。天鹅忽上忽下，甚至一头栽进小河，然而心里早已明白，哪有一只天鹅曾经逃脱鹰的利爪。半空之中，天鹅被雄鹰压制在身下，徒劳地扑打。挣扎无望，它的反抗越来越弱，越来越弱，在雄鹰的勇气与速度面前逐渐失去了力量。天鹅最后一次试图逃跑，凶猛的鹰一爪掀翻了它的羽翼。天鹅无法掌控自己的身体，倾斜地从半空中掉落，摔到不远处的河滩上。

下面这一幕，足以看出羽中王者的残酷。雄鹰伏在猎物身上，安心地喘了口气，锋利的爪子深深地刺进垂死天鹅的心脏。感受到生命的最后一丝颤抖，它发出兴奋的尖叫。没有什么死亡比这更加痛苦，天鹅渐渐没有了声息。雌鹰紧盯着爱侣的每一个动作，它不参与捕杀并非心中不愿，而是相信王的力量与勇气。大局已定，在雄鹰的等待中，雌鹰翩然飞落，一起把不幸的天鹅翻了个身儿，便撕扯吞咽起来。

小蜜蜂

著名诗人、散文家拉尔夫·沃尔多·爱默生（1803—1882）被称为一个“无限的人”，他的作品极大地启发了亨利·梭罗。这首《小蜜蜂》首次发表于《诗歌》(1847年)，充满了幽默和奇妙的隐喻。

嗯嗯嗡嗡的小蜜蜂，

你在哪里，哪里就有春风。

许多人宁可跨越重洋，

远赴波多黎各享受温暖；

我却只愿在你身旁，

感受生命的热量！

你曲折前行，在荒野中歌唱，

让我追随你飞舞的曲径；

灌木和藤蔓间歌声悠扬，

等等我，让我侧耳倾听。

热爱太阳的小昆虫，

你的领地充满欢融！

在空气中航海，

在气浪中游泳；

穿过晨曦与日光，

享受六月的蜜糖，

求求你，等等我，

让我走进你的歌唱，

除此之外，这个世界满地忧伤。

五月南风所到之处，

笼罩着一袭闪亮的薄雾，

地平线也染成了银色，

温柔的风抚遍万物，

轻拂人们脸上的干涸，

抹上一层浪漫的神色，

南风带来一丝温暖，

草地上开满了紫罗兰，

阳光之中，你独自

飞舞在灌木丛中；

微风柔和的低吟

融入绿色的宁静。

炎热的夏天，你那昏昏欲睡的歌谣，

也是我香甜的曲调。

讲述着无数阳光下的时光，

长长的白昼，还有鲜花盛开的河岸；

让人想起印度的荒原，

那甜蜜无边的海湾；

又想起叙利亚，永远平和安逸，

那是最深刻的愉悦，鸟儿般的欣喜。

我的小蜜蜂从不见

一切污秽与不净。

身边环绕着越橘和紫罗兰，

水仙花丛和甜蜜的枫糖。

草丛中挺立着半桅高的菊苣，

像绿色的旗帜直指天空。

兰花盛着一捧蜜糖，

还有香蕨和叶泽兰，

三叶草、捕蝇草、山百合，

蔷薇花丛更添华装。

所到之处，都是画中的风光，

除此之外，都是未知的荒原。

黄尾巴的哲学家，

比人类的圣贤更睿智！

眼中只有美好，

口里吮吸蜜糖，

从不埋怨，从不烦恼，

汲取精华，抛弃谷糠。

直到西北风凛冽吹响，

骤然冷却了大地和海洋，

你早已沉沉睡得馨香；

安然度过灾难与饥荒；

折磨着我们的饥荒与灾难，

在你的沉睡中显得多么简单。

迷　雾

亨利·奥尔福德（1810—1871）是一位研究《圣经》的学者。他喜欢旅行，与伦敦文学圈也交往密切。1838 年夏天，他偕妻子来到湖区，写下了这首十四行诗《斯基多山，1838 年 7 月 7 日》。

我们终于来到这里，仿佛被云雾包围，

破晓前的太阳淹留此处，

伟大的旨意即将颁布，

化作美好的人间清晨；迷雾环抱，

我独立雾中，任风声呼啸，

飞扬的长发指向缥缈的远处，

我们终于爬上了陡峭的山路，

心里充满了希望的欢欣，勇气的骄傲。

然而眼前并没有展开宏大的画卷，

看不到苏格兰的海岸，也看不到大洋上的小岛，迷雾之中，山头远眺并不美妙。

即使如此我一心如初，

只为自然的神圣伟力之下，

天地间的片刻孤独。

鹰

1830 年，艾尔弗雷德·丁尼生（1809—1892）与亚瑟·哈勒姆，即妹妹的未婚夫同游比利牛斯山脉，大受启发，之后多次来到比利牛斯山中的考特莱茨村庄故地重游。1851 年，他发表了重要诗篇《鹰》。

弯钩般的利爪紧扣峭壁；

靠近太阳的孤独之地，

青色的天地间傲然挺立。

下临沧海，海面泛起波浪，

群山如墙，他自山巅凝望，

俯冲而下，如一道霹雳之光。

信天翁

赫尔曼·麦尔维尔（1819—1891）以其笔下关于鲸鱼的传说闻名。但在《白鲸》（1851 年）第二章脚注中有一段迷人的对信天翁的赞美。

我还记得第一次看见信天翁的情景。那是在靠近南极的海域，大风刮个不停。我上午一直在底舱值班，抽空走上甲板看看。天空阴沉沉的，我快步跑上主舱，突然看到一只巨大的白鸟如君王般来临，浑身如雪，长喙如钩，正是罗马式的大弯钩喙。白鸟如大天使般，不时拱起宽大的翅膀，渐渐靠近我们的船，仿佛正要拥抱神圣的方舟。它拍打着翅膀，透露出某种奇妙的律动。身体并未受伤，却发出哀怨的尖叫，如同君王的灵魂正遭受某种超自然力量的折磨。它的眼神难以形容，令我觉得陌生，似乎无意间窥见了足以掌控上帝的秘密。我深深地弯下了腰，如同亚伯拉罕在大天使跟前鞠躬。它的羽毛那么雪白，它的翅膀那么宽阔，在这永遭放逐的大海上，我凝望着它，逐渐忘却了传统和城镇带来的痛苦回忆。我久久凝望着这非凡的大鸟，不能言语，朦胧中仿佛一把利剑直透心灵。良久良久，我回过神来，转身问向其他水手，这是什么鸟。笨鸟，水手答道，这是笨鸟啊。笨鸟！我没有听说过这个名字，恐怕岸上的人们从没见过如此非凡的鸟！从来没有！后来我才知道，笨鸟就是水手们对信天翁的俗称。原来如此，我就不信柯勒律治粗犷的诗句与此无关。记得第一次在甲板

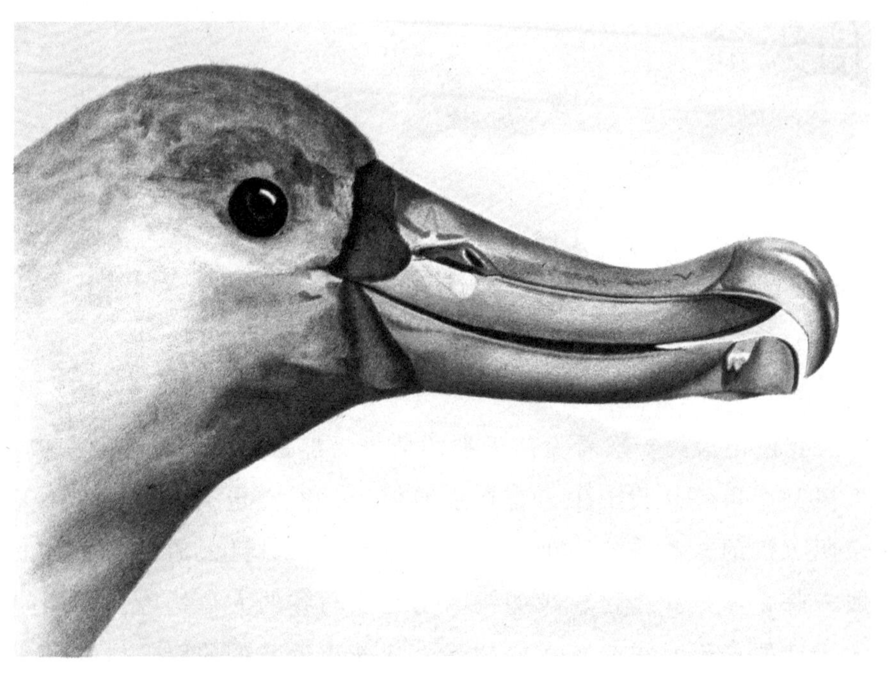

上看到它，曾给我带来多少难以言喻的悸动，而那时我还不曾读过《古舟子咏》，也不知道那就是信天翁。直到如今，更多的描绘，不过是给高贵的诗人与诗行锦上添花。

从此，我坚信在那洁白无瑕的身躯之下，必定隐藏着神秘的魔咒，见者无不为之倾倒。我常常看到一种术语叫灰信天翁的鸟，但从未像在南极那样深受震撼。

可是，这么神秘的大鸟怎么被人捉住了？不要私下嘀咕，我这就告诉你；信天翁在海上漂泊的时候，只要一个钩子、一条绳子就可以轻易捕捉。船长把它当作天国的信差，将写信的皮质标签挂在它的脖子上，上面注明了行船的时间与地点，然后将它放生。我相信，天堂的主人将解下人类的来信，白色的大鸟从此卸下了使命，合拢翅膀，加入神圣、高贵的天使中间！

老　鸦

威廉·坎顿（1845—1926）在牙买加和布列塔尼地区长大，是一位著名记者及儿童文学作家。《老鸦》一诗选自《迷失的史诗及其他诗篇》（1887年）。

淡看丰沛的农田，
无视农夫的猎枪，
光秃秃的榜树上，
乌鸦正在享受阳光。

不合时宜的老乌鸦！
黑色的身影背向蓝天，
羽毛零落，满身啄痕与枪伤，
念四月转瞬即逝，令人哀叹。

今年的新草，金眼的雏菊，
身下的小花闪着光泽，
两侧的栗子树，
纷纷绽开红壳。

霜雪不定令人忧愁，
梣树依旧兀自光秃，
老乌鸦高高立在枝头，
愉快地汲取晨曦雨露。

蜂房之灵

莫里斯·梅特林克（1862—1949）是一位比利时象征主义诗人、戏剧家及小说家。他养蜂二十年，写出了《蜜蜂的一生》（1901年），爱德华·托马斯称赞此书是“科学与诗歌的完美结合”。本文选自书中第六章“婚礼之舞”。

寒冷的冬天总算过去了。二月初，蜂后开始产卵，工蜂们成群飞向柳树和坚果树，金雀花和紫罗兰，银莲花和肺草。春天渗入大地、地底与河流，带来蜂蜜和花粉，每天都有小蜜蜂出生。雄蜂纷纷飞出小巢，在蜂窝里嬉戏。城市一下子变得拥挤起来，采蜜晚归的工蜂找不到落脚之地，只能在门槛上度过寒冷的夜晚，元气大伤。然而，不安的情绪正在酝酿，年迈的蜂后开始行动。新的命运在前方召唤，她虔诚地履行着造物主的责任，明知努力只会带来更多悲苦。不可战胜的力量威胁着她的宁静；很快，她即将离开曾经统治的城市。城市是她的工作，城市就是她自己。蜂后不同于人类的女皇，从不发号施令，只会服从，像最卑微的生命一样服从于神秘的力量、至高无上的智慧。那是什么力量，什么智慧？我们且称之为“蜂房之灵”。蜂后是爱的器官，整个城市的母亲，她从犹疑与贫瘠中建立了城市，但如今所有的居民都在逼她离开，无论工蜂、雄蜂、幼虫、若虫，还是即将出生的小公主。在蜂房之灵的指引下，即将诞生新的蜂后取而代之——一切都从她的下腹出生。

“蜂房之灵”到底是什么？来自何方？不像是天生的直觉，教鸟儿筑巢，候鸟南归；不是种族的习性，也不是生命的本能，蜜蜂在生活的波涛中起伏，无数的不可预见频繁打乱了习惯和秩序。蜜蜂无法掌控自己的生活，“蜂房之灵”却如影随形，像个小心翼翼而又充满急智的奴隶，总是能从主人最危险的命令中受益。

“蜂房之灵”谨慎地行使着自己的管理权力，给翼族带来财富和幸福，自由和生命。它按照郊外可采花蜜的数量，规定着每天新蜂的出生；还规定了蜂后退位的时限，催她尽快离去。蜂后生出自己的对手，并精心养大，全无芥蒂。随着花儿盛开、春天来临及求偶之争的逼近，它精心计算着新蜂后的出生，允许或者禁止她屠戮摇篮中的小妹妹，以免其成长为自己的对手。而当温暖远去，花期短暂之时，工蜂受令屠尽王室血脉，革命结束，从此种群的唯一目标就是工作。“蜂房之灵”谨慎而节俭，但毫不吝啬。大自然的法则中，爱情格外野性而奢侈。丰沛的夏日，它默默地容忍着三四百只雄蜂聚集在蜂房等待蜂后临幸，这三四百只愚蠢、笨拙、无用而吵闹的家伙，自命不凡、贪得无厌、肮脏粗俗，成日无所事事，空有一副皮囊。

夜　色

爱德华·托马斯（1878—1917）是这一时期英国最为重要的诗人之一。他最初以文学评论和描写风光的散文作品而闻名，本文节选自1909年2月13日发表在《乡村生活》杂志上的散文《霜花》，那时他还没有开始写诗。1913年他结识了罗伯特·弗罗斯特，并成为好友，在弗罗斯特的鼓励下开始了诗歌创作。

霜夜……令人肃然起敬，人们遥望高山大海之时，却往往不太在意那波澜壮阔的无尽夜色。黄昏时刻，没有一丝风，夜色从甜蜜的紫罗兰色天空中诞生。一大团阴沉的云，在西南方徘徊、消散，只留下一抹淡蓝，守望到清晨，整个夜晚清晰而宁静。这样的夜空适宜数星星，有几颗星星特别明亮，润泽欲滴。就在这时，两只雄狐在林间的空地上相遇，打破了夜色的宁静。它们扑打着、呐喊着，像野猫一样疯狂嘶叫，只是叫声没那么尖锐，也没有恶意。胜利者拖着疲惫的身子，吠叫着慢慢走远。云从西北方升起，不经意间已让整个天空布满灰白，像太阳晒过的土地，龟裂的缝隙里透出水光。太阳已经升上了地平线，明亮而克制，仅仅照亮了近旁的乌云，仿佛坟头戴上了金色的皇冠。

飞上云霄

J.A.贝克（1926—1986）自称着迷于猎鹰，就像《白鲸》中的亚哈船长追逐着大白鲸。《鹰》（1967年）被鸟类学家马克·库克称为“自然写作的黄金标准”，文中记录了1962年10月至次年4月贝克对猎鹰的追踪。

1963年3月10日

清晨的阳光泛着大理石般的光泽，白云升腾，大风追逐，雨落河湾。河湾口潮水时时高涨，边缘闪着银蓝色的光泽；如今潮水退去，便渐渐褪成了灰白色。猎鹰低飞掠过湿地，穿行在风中，时而急转，时而骤降，在无形的枝叶间腾挪扭转。困倦的大鸟，阳光照在她宽阔的后背和翅膀上，光泽闪耀。深色的羽翼，像朱雀的羽色，又像北方的红壤。头上是深黑，还带点儿青色；脖子上是逗号般卷曲的深棕色颈毛，像白皙面孔上的鼻孔。再往下便是双翅之间隆起的肌肉，随着羽下双翅的挥舞而起起落落。她看似温顺，其实非常危险，像野牛一样不好惹。红脚鹬顺从地站在青草地上，静静地看着猎鹰经过，不敢发出一丁点儿声音，只有紧张的颤抖和橙色小腿的抽搐，出卖了内心的恐惧。

一个小时过去了，随着杓鹬的嘶叫，猎鹰腾空而起，在湿地上方缓缓盘桓上升，顺着温暖的气流滑翔，无惧北风吹散云彩。她张开翅膀，冲上九霄，飘荡在空中如同远去的神祇。看着猎鹰逐渐消

失在天空的寂静中，我仿佛也能感受到缓缓升空中的喜悦与宁静。她越飞越高，在高空中，划过的圆圈越来越大，直到渐渐变成一个小黑点，穿过云层，在蔚蓝的天空中变得模糊。

她悠然地飘荡，渐行渐远，对抗着高风，在两千英尺高的风中保持平衡，白云被她远远甩到身后，飘向南方的河湾。她慢慢弯曲翅膀，在风的间隙中穿过，仿佛顺着轨道滑行。这高贵的飞行之力，掌控着咆哮的风，我忍不住想大喊大跳，心中无比骄傲。那时，我曾以为已然见识了世上最好的猎鹰，从此无须继续追寻。我错了！此生永远也看不够。

Chapter 3

火

火的元素富于创造与毁灭，
光明、稀薄而动态，多么活跃的存在。
我们祖祖辈辈，用火温暖家园，
烹饪食物，或者围坐在火堆旁边，
驱散黑暗，点燃激情。

奈杰尔·巴林顿

永生之火

赫拉克利特（约公元前540—约前475）出生于以弗所。他的哲学论著《论自然》以晦涩难懂而闻名，如今仅存片段。他在文中总结道，一切都处于流动中，并且一切都将保持流动。下文是他关于火的论述。

火中生万物，万物归于火；正如俗物可换黄金，黄金可换俗物。

对万物一视同仁的宇宙，不是来自神或人的创造，而曾是、正是并终将归于永生之火，燃时则燃，灭时则灭。

火相是渴望与满足。

分裂又聚合，前进又退隐。

火不断转变——始于海洋；然后是海洋的一部分，一半陆地，一半闪电。

大地熔入海洋，正如当年海洋硬化为大地。

土亡火生，火亡气生，气亡水生，水亡土生。

火出其不意地抓住一切，审判万物。

喷涌的火焰

小普林尼（61—约 113）十八岁时与母亲生活在米塞诺地区，亲眼看见了维苏威火山爆发。他的舅舅是一位著名的博物学家，因驾小艇去救朋友而死。本文节选自普林尼写给友人历史学家塔西佗的信件。

信件六十五

蘑菇云从山头升腾而起——隔得太远，一时无法分辨是哪座山，后来才知道是维苏威火山。云的形状像一棵巨大的松树，高高的“主干”伸入天际，“枝叶”向四周铺开。我怀疑这是爆炸的产物，爆炸减弱之后，云朵承受不住自身的重量，向周边扩散。云层有些部分是白色，有些部分是乌黑色，沾满了尘土和灰烬……大片火焰照亮了维苏威火山，在沉沉夜色中显得如此明亮、生动……建筑物受到震撼，地基松动，左右滑行。野外的危险主要来自滚落的巨石，在火光中仿佛打磨过一般锃亮……天亮时分，大地在火山灰的笼罩下，比深夜更黑、更厚重……不久飘来硫黄的气味，宣告着火焰的逼近……

信件六十六

地面晃荡好几天了，这在坎帕尼亚很常见，没有引起重视。然而那天晚上，震感特别强烈；人们开始担心地震，担心不再是简单的震荡……那天，一切从宁静慵懒的黎明开始，身边的建筑物不停晃动……大海退到远处，像被大地远远推开。海岸线外移，许多生物遗留在干沙上。我们身后是不祥的乌云，闪电不断扭曲、分裂，展开巨大的火焰。这不是一般的闪电，看起来更粗更壮……灰烬飘来，此时还是薄薄的一层。我回头望去，身后黑云滚滚，追逐着我们，如同洪水涌向大地。我们不敢停歇，拼命往前跑。天色越来越暗，暗得密不透风，不像往常那些没有月亮、乌云密布的夜晚，而更像锁进了没有灯光的密闭房间……天亮了些，不是新的一天来临，而是大火逼近的预兆。然而很快，大火在不远处止住了，黑暗和灰烬扑面而来，异常沉重，令人喘不过气来……最终，浓云散去，不再像黑雾一样笼罩四野。我们总算看到了天光，天真的亮了，外面阳光灿烂，泛着日食之后的辉光。我们惊恐地发现，眼前的世界完全变了，一切都掩埋在雪白的灰烬之下。

凤凰涅槃

《物之属性》是巴特洛迈乌斯·安戈里克斯（1203—1272）广为翻译流传的作品之一。本书第十二卷写成于1260年之前，书中引用前人的说法，描绘了神话中的凤凰形象。他致力于解释《圣经》中的自然生物的典故：凤凰出现在《约伯记》中，约伯希望像凤凰一样增添他的日子。

凤凰是天下独一无二的鸟，喜爱美色的阿拉伯人万般不解：凤凰从不婚配，竟不知来自何方——哲人们常说，凤凰是孤独终生的

鸟，一生能活三五百年。气数将尽之时，凤凰移香枝筑巢，巢内干爽，又逢盛夏西风，在烈日之下引火焚巢，火焰汹涌。于是，凤凰扑身于燃烧的巢穴，在香枝之间烧成灰烬。三日之后，灰烬之中爬出幼小的蠕虫，见风而长，抖开羽毛，便是新生的凤凰。安布罗斯也在“创世说”中提到了同样的说法：凤凰自灰烬中化为新生，瞬间长成新凤，华羽披身，高贵无群，羽似孔雀，性爱自然，非净果精谷不食。艾伦也提到，复活节第一日，大主教奥尼亚斯仿造耶路撒冷圣殿，在埃及赫利奥波利斯建立神庙。他收集香枝，在祭坛上点火祭祀。众目之下，凤凰飘然而至，投身火中，化为灰烬。教士们小心地保存灰烬，三日之时，灰烬中出现小虫，终成大鸟，飞入天际。

火 雨

英国人并不喜欢萤火虫，然而罗伯特·骚塞（1774—1843）在史诗《麦道克》中详细描绘萤火虫，并受到了自然学家菲利普·古斯的高度赞誉。英国曾经到处都是萤火虫，现在已非常少见了。我唯一一次见到萤火虫是1984年在英国绿岛的普尔港附近。

……我们悲哀地看到

夜幕降临；黑暗吞噬万物，

却也展现奇景：繁星点点

从树林的掩映下涌出，暗夜

才能展露妖娆；萤火虫洒下

一道明亮的蓝光，映照着

褪去白日华丽色泽的花朵；

一只只小虫静静蛰伏，逃避搜索，

自我磨砺，终将，化作漫天星光，

如火雨般升腾。

荧光海浪

赫尔曼·麦尔维尔（1819—1891）生动描绘了海上的荧光效应。1849年，麦尔维尔根据在南太平洋的航海经历，创作了他第一部真正意义上的小说《玛迪》，可惜销量不佳。纳撒尼尔·霍桑认为，这部小说“处处有深有浅，读之不得不拼命游泳求生”。本文选自小说第三十八章“燃烧的大海”。

这个夜晚……充满了令人难忘的壮丽景观。我和加尔正在船舱里昏昏欲睡，突然被萨摩亚的叫声吵醒了。向船外望去，最初没有什么特别，苍白的大海，偶尔激起金色的小浪花，水光中的大船弥散着苍白的微光，我们一个个人影看起来就像幽灵。桅杆不断越过船尾的波涛，船后冲出一道泛着泡沫的水光；水光之下，鲨鱼游动的痕迹那么生动，水下交错往返着绿色的踪迹。更远些，水母成群漂浮在水面上，如夜空中的群星；这种圆润的小生命只能在南太平洋和印度洋一带见到，远远看起来那么璀璨。

我们看着看着，一股闪亮的水雾突然喷向高空，伴随着抹香鲸深远的呼吸声。很快，我们周围的大海仿佛升腾起火焰的喷泉，无数鲸鱼聚集在大船周围，从两侧喷出火花；它们不时抬头露出水面，抖落火星。一大群抹香鲸从水中升起，在波光荧荧的海浪中嬉戏。

鲸鱼群喷出的气雾，比大海更加华丽灿烂，或许是因为鲸鱼吸入的水中本就蕴含荧光，经过气道的浓缩，喷涌而出，光耀夺目。

我们看着眼前的一幕，心存敬畏。海中的巨兽群离我们的船如此之近，即使毫无恶意，也足以毁天灭地。想要避开却避无可避，周围都是鲸鱼，围着我们转来转去，直到后来我们仓皇逃离这片白茫茫的海水，才恍若重获生命。鲸鱼看到了我们，纷纷头朝下扎进水中，只剩巨大的尾巴在水面上招摇，海面荡起汹涌的波涛，比鲸群出水的盛况更加闪耀。

鲸群的行程似乎与我们相同，一路向西。为了摆脱它们，我们架起船桨拼命向北划。北行途中，一只落单的鲸鱼不依不饶地跟着我们，肯定是把我们的船“羚羊号”当作了同类。我们用力划着，它却越来越近，越来越近，侧翼擦上了“羚羊号”的船舷，满身细如蛛丝的透明物质，在船上到处拖出一道道长长的闪光印记。

萨摩亚吓坏了，蜷缩在角落里。加尔和我早就习惯了鲸鱼的亲密陪伴，用桨抵着鲸鱼把船推远，就像平时下海离岸那样。这一刻，我们离鲸鱼如此之近。加尔是斯凯人，来自一个捕鲸的民族，无论秉性多么善良，看到此景都会忍不住欣喜，想要出手捕鲸。我费尽了口舌才说服他放下鱼叉，但眼前的情景太令人热血沸腾，就算不能动手，他嘴上可没歇着。“哦！就一发嘛。”这海小子一边喊道，一边突然想起了什么，回头问道，“我们的旧船在哪儿？”

大海怪总算走了，回到鲸群之中，那里喷出的高高水柱，依然在海天一线间闪耀，像北极光似的。忽明忽暗，断断续续，亮了差不多三个小时，过半之后渐渐消退，到后来只剩鱼群在水下飞速游过透出的微弱亮光，最终完全消散不见了。

无尽深渊

伊莎贝拉·伯德（1831—1904）充满了无畏的探险精神，在单身女性出行困难的时代多次远行，1872年来到夏威夷。她大胆地潜入火山口，这段记叙可见于《夏威夷群岛》（1875年）。

从火山口下去，刚开始非常陡峭，但植被丰满。有夏威夷岛上特有的桃金娘花、阿赫洛司（一种越橘类植物），还有萨德拉斯蕨、水龙骨、银草和许多球茎植物，沉甸甸地挂着的绿松石般的青色浆果，璀璨而诱人。往下望去却是一片看不到尽头的深渊，我忍不住抓紧了陡壁上的植物，也许自然正用这温柔的物产掩盖着亲手铸造的恐怖。再往下走全是乱石和碎熔岩，不规则地围绕着火山口的大片凹陷。这里不再有植物与熟悉的土地，取而代之的是火成岩深处的黑暗与荒凉，往日熟悉的自然景象与声音都消失了。石梯、悬崖、湖泊、山脊、河流、山边、漩涡，深渊的熔岩包围着我们，坚固、黝黑而熠熠生光，有的像琉璃，有的带着灰烬般的灰白色，处处点缀着硫黄熏出的黄斑或明矾的白斑。到处都是地震，地下的热浪翻滚着，冒出炽热的气息，熔岩从中不断裂开或隆起。

经过约一个小时的艰难攀爬，我们总算来到了火山口的最底端。这里差不多一英里宽，从上往下看时，这里如同平静的海面；只有亲身穿越而过，才能看清曾经的波涛汹涌和铅灰色的熔岩，巨大的缝隙之间填充着闪光的黑色熔岩，依然保持着翻滚的样子，约莫几个星期前才刚刚成形。有些熔岩表面粗糙，凸凹不平，挤在一起像堆起的冰；有些熔岩翻滚着从地下膨胀上来，又被压得致密；大部分熔岩更像一团团巨大的线缆，撕拉黏稠之下显得如此逼真，一切都来自裂缝深处泄出的硫黄蒸汽。说来奇怪，就在这暗黑可怕的地方，依然生长着三株细长的变异蕨类，脆弱而精巧，隐隐预示着积绿成林的讯息；也许不久之后，深渊之中也将布满绿色，仿佛在述说上天的偏爱。右边是一道陡峭的岩壁，熔岩流浇注其上，冷却后成了柱状，像英国斯塔法岛上的岩浆柱一样左右对称。我们花了整整一个小时才穿过这道深坑，前方直面四百英尺高的上坡，炽热而陡峭，那是不久前熔岩流从哈尔茅茅流入盆地而形成。这里的熔岩山堪称奇景——熔化的石头像洪水一样倾泻而下，形成波浪、激流、漩涡和巨大的回旋，如蛇，如藤，如盘根错节的树根，如弯弯曲曲的水管，在纠缠，在扭曲，次第展开一幅宏大的画面，充斥着野性的力量与恐怖。有一处特别陡峭，熔岩呼啸而下，形成约一百英尺宽的炽热瀑布，有的直达地底，有的中途夭亡，如一棵大树向地底生长。我在裂缝里捡到了不少丝状熔岩，人称“贝利的头发”，像很粗的玻璃纤维，颜色有绿色或黄棕色。用放大镜来看就会发现，许多熔岩表面都满满地覆盖着这种物质。据说火山喷发时，岩浆喷到高处，向四面八方抛洒，在风中旋转，拉出两三英尺长的黄色或绿色透明丝线，粘在凸起之处，就形成了这样的奇观。

我们继续往上走，脚下越来越热，到处都是多孔的熔岩，到处都闪闪发亮。石头太热了，雨水落到上面，发出嘶嘶的声音。地壳越来越不安定，我们紧跟前面的向导，每一步都小心翼翼。我好几次踏空，脚下的空洞里可以看到硫黄像溪水一样流淌。硫黄酸性很强，我只用手撑扶了一下，强酸就烧穿了我的狗皮手套。

我们已顺着熔岩流往上走了三十英里，终于来到火山口边缘。我们现又走了三个小时，应该离火山很近了，然而这里并没有冒烟，也没有火焰，看来这是一座死火山。我心里挺失望的，好在从火山口的房子里出发时就早已做好了失望的打算。我曾经读过七篇关于基拉韦亚火山喷发的记录，据说那壮观的景象穷尽语言也无法描绘。

就在这时，就在我们面前，血红色的熔岩滴从上面甩下来，溅落到我们站立的哈尔茅茅熔岩山边缘，就在我们脚下三十五英尺的地方。我们尖叫不已，泪水磅礴，面对这刚刚现世的荣耀与恐怖，说不出话来。那一刻的奇妙难以形容，平凡的语言毫无用处，这一切令人无法想象，无法形容，也无法忘怀，这一切瞬间抓住了每一个感官和灵魂，令人完全脱离了日常的生活。这里是真正的“无尽深渊”——不灭的火——地狱的所在——硫黄燃烧的湖泊——永恒的燃烧——火热的大海，波涛永不干涸，咆哮着，翻滚着，爆裂着，冲击着，撕拉着，喷溅着，撞击在海岸线上发出巨大的轰鸣声。火热的波浪越推越高，不断涌动在火热的海岸上。

粉　碎

R.M.巴兰坦（1825—1894）从未去过中国海，但在《粉碎》以及《拉卡拉的孤独者》（1889年）两文中，他生动描绘了1883年喀拉喀托火山爆发的情形。本文素材主要来自喀拉喀托管委会的官方记录，以及阿尔弗雷德·拉塞尔·华莱士的作品《马来群岛》（1869年）。

水面一片漆黑，漂过大块的浮石，以及无数男人、女人与儿童的尸体，夹杂着撕裂的树木、围栏和其他残骸，可见大船刚刚渡过的两波巨浪，给海岸上带来了可怕的灾难。更可怕的是，巨大的海蛇疯狂游窜，仿佛在躲避未知的危险，水手们面面相觑，吓得说不出话来……

几分钟后一声爆响，紧接着火光闪耀，浓烟四起，蒸汽和熔岩倾泻而来，比刚刚发生的一切更加惊人——火山爆发了，距离火山口几百英里远都能清楚地听到轰鸣，全世界仿佛都能看到冲天的火光，感受到火山的炽热。

喀拉喀托火山上有无数气孔，瞬间爆破成一个巨大的火山口，而原先的老火山坑——据说直径达六英里——也同样开始喷发。所有的目击者（如果他们足够冷静，能够记录下那个清晨的情况），都注意到火山爆发之时发生了壮观的电现象。四十英里之外的一位目击者说，当时，他看到了巨大的蒸汽云："像厚重的高墙或者血红色的帷幕，边缘是深浅不一的黄色阴影，分叉的闪电像邪恶的大

蛇在天上流窜。”还有一位目击者声称:“火光在厚重的黑云后面升起,仿佛点燃了喀拉喀托火山。”第三份记录表明:“闪电击中了船只主桅杆避雷针五六次”,“裹着火山灰的泥浆雨落满甲板,荧光闪闪;绳索上的闪光看起来很像俗称‘圣艾尔摩之火’的放电现象”。

这种现象并不难解释,强大的蒸汽流从地壳的空隙中冲击出来,形成一架巨大的水力发电机,喷出的物质在升降中摩擦生电,就有可能形成如此奇观。

火山喷发到了最后阶段,以残余的力量撕裂熔岩,喷发形成了新的火山堆,而不仅仅只是喷发早期那些熔岩泡沫和浮石的堆积。事实上,后来的测算表明,平均水上七百英尺和水下三百英尺的地面,也就是喀拉喀托岛约三分之二的部分,都被刮离了地表,这一块曾覆盖近六英里远,约一平方英里的固体物质完全被轰得粉碎。

关于火山爆发的记录,仅此片言只语足以震惊世人——然而在我们看来,悲剧远远不止如此,目前已有超过三万六千人在这次天灾中失去了生命。

普罗米修斯的反抗

托马斯·哈代（1840—1928）在《还乡》（1878年）中唤醒了篝火古老的魔力。

点燃篝火的人们仿佛置身于光明的天界，超脱于下方的黑暗。脚下的荒原如一片深渊，与他们所站之处仿佛不在同一个世界。他们的眼睛适应了火光，再也看不到深处的黑暗。有时，火焰格外强劲，从干柴上迸发出利箭般的火光，射向远处的灌木、水塘和白色的沙地，返照出与火光同样的色泽，随后一切重归黑暗。游走在世间边缘的佛罗伦萨高人但丁如果看到了这一幕，一定以为下方的黑色地界是地狱的最外层，“高贵的亡魂”滞留其间；空谷间风声呜咽，必是亡魂们的渴求与哀怨。

男人和孩子们重现着这块土地上久远的时光与仪式，仿佛陷入了远古的记忆。古老的不列颠人曾在山顶燃起火堆，焚葬尸骨，留下的灰烬依然在那里，他们的坟冢就埋在脚下的土地中。千年之前葬礼的火焰积存于此，如今又在平原上燃起。人们也曾在此点燃节日的篝火，祭祀盎格鲁人和撒克逊人的神。17世纪火药暗杀案带来的恐慌早已渐渐消弭，如今燃放篝火的习俗大多来自德鲁伊特和撒克逊人的仪式。

待到严冬逼近，晚钟响彻天地，点火成了人类的本能和抗拒，像普罗米修斯一样，反抗四季轮回带来的残酷时光，反抗冰冷的黑暗、痛苦与死亡。黑暗混沌降临，戴着脚镣的大地之神说：“要有光。”

明亮的火光和乌黑的阴影，交错辉映着围绕火堆而站的人们。光影在人们的皮肤与衣服上此消彼长，衬托出深刻的眉目与轮廓，如德国艺术家丢勒刻刀下的人像，线条刚硬，充满了生机。然而无法看清每一张脸上永恒的表情和道德的情绪，只因那火焰太轻快，时上时下，时而呼啸而过，污点般的阴影和雪花般的光点映照在脸上，不停地变幻着形态和位置。一切都那么不安定，像树叶的颤动，像闪电的明灭。骷髅般幽深的眼眶，突然变得明亮；瘦削的下巴和凹陷的脸颊，忽而熠熠生辉；脸上的皱纹，刚才还深如沟壑，光线一晃，又显得饱满了许多；鼻孔如深井；苍老脖颈上的褶皱，仿佛也成了镀金的线条；一切没有光泽的东西都涂上了闪亮的釉色；而那些明亮的东西，如镰刀的刀尖，在农人的手中如琉璃般闪耀；还有人们的眼睛，如灯笼般闪亮。自然赋予的奇异，都化作了浓墨重彩；而原本就浓重的万物则超越了自然的界限；一切都达到了极限。

血红橙

罗伯特·路易斯·斯蒂文森（1850—1894）善于观察细节，描绘自然。本诗选自《冬日》，收录于《儿童花园诗集》（1885年）。

冬天的太阳很晚才上床，
睡意绵绵，又热又凉，
强撑着亮了一两个时辰，
终于沉没，像个血红橙。

满天的星星还没消散，
清早我摸黑爬起了床，
赤裸着身体，瑟瑟发抖，
就着烛光，洗澡，穿衣裳。

我坐在快活的火堆旁，

冻僵的骨头渐渐温暖；
也可以驾起驯鹿雪橇，
探索门外的冰雪茫茫。

出门前保姆给我裹紧
帽子，还有羊毛围巾，
冷风火辣辣地烧上脸，
冰冷的胡椒呛进鼻眼。

黑脚印踏上银色的雪地，
我呼出厚厚的冰霜气息，
山与湖，树与房，
都像婚礼蛋糕上的糖霜。

燃烧的叶子

劳伦斯·比尼恩（1869—1943）生于约克郡，长期在大英博物馆版画与素描部门工作，直到1933年退休。退休后，比尼恩居住在斯特雷特利镇，写下了大量诗歌，1944年出版诗集《燃烧的叶子》。本诗就选自其中与诗集同名的主题诗。

现在，到了叶子燃烧的时刻。
它们纷纷投入烈火；浓烟刺鼻，
渐渐湮没于啜泣的烟色，
碎叶与污秽，破败与腐坏！
火焰抓紧熏烧的残骸，
咬住顽固的根茎，在反抗中裂彻。

最后一株蜀葵碾落成灰；
一切六月的香料散发刺鼻的臭味，
一切繁荣耗尽，只余枯败。
一切在燃烧！红玫瑰化作新鬼，

火花旋转，在烟雾中消退：

火焰的野手，焚尽腐坏。

现在，到了掏空灵魂的辰光，

燃烧已尽，一切已结束，一切惘然，

去者已去，安慰毫无意义：

只留下无根的希望和徒劳的念想；

投入火中吧，再也不要回望。

我们的世界不再属于自己。

它们还会回来，绿叶与鲜花，

从肮脏的腐土，绽放古老的荣华，

奇妙的香味唤起记忆中的精彩；

同样的荣耀，照亮不同的眼睛，

大地只关心自己的伤，而不在意我们的心，

万物无常，只有春天必将到来。

极　光

罗伯特·瑟维斯（1874—1958）生于普雷斯顿，被誉为“育空的行吟诗人”，以滑稽诗而著称，如《丹·麦克格鲁之死》等。瑟维斯曾经长期在加拿大荒野中生活，细心观察大自然，这成为他诗歌的源泉。本文摘自《北极光之歌》，收录于《新人之歌》（1909年）。

太阳的辰光太短，铅色的余晖中，太早迎来了黑暗，

久久停留而目光肃穆的，是那枯槁憔悴的月亮……

哦，野性、古怪而苍白，照亮营地的每一个夜晚，

我们凝望啊凝望北方，神秘的银色舞蹈即将开场。

从北极的天空翩然起舞，一片薄雾将天幕染黄；

轻快地抬起银色脚尖，四野亮起耀眼的火光。

天空中跳起的沙龙舞，舞鞋上的玫瑰和闪亮的银环；

不适合人类的眼睛观看，只为上帝之眸而绽放。

我们疯狂、迷失而悲伤，世俗的金银早已遗忘，

我们的心里只有天上的极光。

哦，极光擦着金色的荒原，有时也会血色绯绯；

到处都是驯鹿苔藓，如同死者的墓碑。

明明暗暗，曲曲折折，点亮了天上的小径，

我们的仇恨也真诚，恐惧也致命。

夜色在火光中复活，火焰在律动、在震颤；

艳如琥珀、玫瑰、宝石、黄金和紫罗兰。

如巨大的镰刀收割天幕，又缩小成楔木；

银光一闪，夜空剜开金色的圆弧。

银色的旗帜或懒于招展，或扶摇飘荡；

刹那间刀光剑影，掷下万道极光。

我们蜷缩在敬畏中，不敢抬起狂热的双眼，

天空如战场，冲锋与撤退，无不火光冲天。

最终一切归于寂静，荒原渐渐消隐，

眼前横贯着崇山峻岭。

我们踏上悲哀的前程，怀着茫然的梦想，
一路陪伴唯有水晶般的夜色中神秘的北极之光。
它们跳舞，跳舞，在裸露的雪地上跳着恶魔之舞，
如此柔软，波澜流转，如无穷无尽的潮起潮落。
它们摇动着羽扇，在光幕中划开绿色的涟漪，
它们洒下玫瑰般的粉色光彩，是凡人从未见过的神奇。
它们扭动着，像一窝愤怒的蛇，芯子咝咝，苍白如硫黄；
它们又化作巨大的恶龙，扬起分叉的尾巴。
我们远远地凝望，永久地凝望，
天空如地狱，怪兽在狂欢。

我们爬上凸起的岩石，阴郁而荒凉，
日复一日如死亡般黑暗，沉睡在永远永远的夜晚，
光辉渐渐生长，天边亮起了极光。

它们无声地翻转，如同包裹着丝绸；

它们向天空之碗，温柔地倾注牛乳。

在热情、脉动的羞涩中，它们驾着战车而来，

它们像极地的火焰，在北极边缘徘徊。

自无尽的深处，它们的光刺破了黑暗，

如同把全世界的探照灯都聚成了一束光。

我站在世界屋脊上望着远方，神魂荡漾，

在辉光闪耀中，如野兽般趴倒、叫喊。

绿 火

D.H.劳伦斯（1885—1930）居住在康沃尔时写了《燃烧的春天》一诗，收录在诗集《阿摩斯（爱情）》（1916年）中。诗中火焰是隐喻性的，并不是真实的火，但是意象的描写非常动人。

春天来了，引燃了燎原的绿火。
疯狂膨胀的绿树，火焰灌注的矮木，
荆棘之花在上升的烟圈中怒放，
森林在燃烧，水光摇曳的蒲草在飞扬。

我为春天惊叹，这大火啊，
这绿色的大火点亮了地上的泥土，这火焰，
这燃烧的火焰，和回旋的火花，
人们的脸在我的视线里闪现。

我啊，我身在怎样的火泉？

这跳跃燃动的火泉？我的灵魂

像一个影子在火焰中被推来推去，

一个影子，迷失于混沌。

燃烧的杜松

爱德华·艾比（1927—1987）是一个激进的环保主义者。他出生于美国印第安纳州，1946年曾在沙漠中徒步旅行，从此爱上了沙漠。1956年至1957年，他在拱门国家公园当护林员。本文选自《沙漠独旅：野外的一季》（1966年），书中描绘了他在拱门的经历。

我在拖车附近走了一圈，在杜松树下捡些枯枝，生起了一堆火。

乌云流过头顶，流过广袤的星空。星星如此切近，闪着寒光——蔚蓝，翡翠，金黄的光芒……

西方浮起金色的星球，宛若周天最明亮的所在。金星。我侧耳倾听，期待着猫头鹰、鸽子和夜鹰的叫声，却只听到了火堆燃烧的噼啪声和风的叹息。

火燃着，杜松燃烧时，散发着世界上最甜美的香味，但丁的天堂里也没有什么可以比拟。杜松烟的气息，如雨后艾树的芳香，神奇地催化着心灵；如美国西部的音乐、空间、光影，甚至晴朗的天气与刺耳的陌生感，多么令人神往。燃烧吧，长久地燃烧吧。

小火摇曳着，颤动着，似乎将要熄灭。我又折了一根树枝，将新的芬芳添入将尽的炭灰，腾起一缕蓝色的烟雾。树枝，像来处的山石一般枯瘦，却在火中绽放花朵……

我等待着，守望着，守护着这片沙漠。一捧捧黄沙，一块块贫瘠的石头，一棵孤独的杜松，还有散落在我身边的一簇簇鼠尾草，寂静而简单，头顶上只有无言的星空。

论 柴

家人们常常为什么木材更好烧而争执，据说明火要用芬芳的果木来烧，炉子要用经年的山毛榉枝来烧，引火柴最好用榨干的橘皮、柠檬皮或者烤干的杉木球果，我们最喜欢这样烧。

山毛榉烧火明亮清巧，
经年的原木尤其好烧，
为了圣诞把榉木存好，
新的冬青搁在一旁干燥。
他们说栗子枝也还不错，
多存几年就成了好货，
桦树和柴草烧得太快，
火光太亮，熄得也快。
落叶松火焰蹿得高，
溅起火花可真不妙，

只有梣树不论青黄，
金冠的女王也喜欢。

橡木柴火虽枯瘦，
却能驱走冬日的寒流，
杨木都嫌烟太浓，
熏坏了眼睛和喉咙。
榆木生火像墓灯，
连火焰都冷冰冰，
山楂枝适合烤面包，
爱尔兰人都说好。
苹果枝烧得香满房，
梨子枝烧得春花放，
只有梣树不论干湿，
国王也爱烧来暖袜子。

Chapter 4

水

水从不反抗，自在地流淌。把手伸到水里，就能感到水的爱抚。

水不是坚实的墙，永远不会阻挡；水想去哪里就去哪里，没有什么可以阻挡。

玛格丽特·阿特伍德，

《珀涅罗珀记》，2005年

弯如弓

迈克尔·德雷顿（1563—1631）是一位善于观察的自然主义者，他在《福地》中描绘了许多与众不同的英国河流。本诗描写了泰菲河上三文鱼洄游时跃出水面的情景，泰菲河是流经威尔士卡迪根和纽卡斯尔埃姆林的一条小河。

泰菲河啊，让我歌颂你独有的荣耀。

三文鱼想要清澈的小溪，

（年年从大海洄游到这里，

成长的季节从此生发）

泰菲河的瀑布一泻而下。

凸起的岩石挡住了征途，

仿佛要永远围困在此处；

这时，辛劳的鱼儿游到瀑下，

一次次逆流，一次次徒劳；

它咬住尾巴，弯如一张弓，

抛身而上，空中划过彩虹，

在圆弧的顶点纵身一跳，

如松开弯曲的小棒，脱手而去，

三文鱼从不放弃，

一次不成，再试一次，

灵巧的身体弯成圆环，

全力一跃，越过了

岩石环绕的瀑布顶端。

孕育在大海珍珠般的洞穴里

伊拉斯谟·达尔文（1731—1802）是提出进化论的科学家查尔斯·达尔文的祖父，他本人也是一名著名的博物学家。他在《自然的神殿》第五章中描述了动物从海洋到陆地的迁徙。

有机的生命孕育在无边的波底，
孕育在大海珍珠般的洞穴里；
起初极其微小，显微镜也不见踪影，
在泥地蹒跚，在水草间穿行；
世世代代，种群分化，
力量增强，身躯增大，
无数的植物群落正在萌芽，
有鳍、有脚、有翼的生物也在生发。

盐溶的潮水下广阔的涂滩，

坚硬的地壳是贝类的家乡；

年复一年，领地扩张，

住户死去，屋舍犹然；

珊瑚墙与晶石山高高堆放，

两极之间沿着弧线延展。

洞穴中央禁锢着火光，

喷出地表，迎击飞浪；

爆出熔岩的群岛，贝壳的大陆，

新的大气在爆炸中膨胀，

岩石堆积，高山崛起，

第一座火山照亮天堂；

逃出海扇花园，珊瑚丛林，

无数昆虫蜂拥而仓皇；

离开海底冰冷的洞穴，爬上

倾斜的海岸与陡峭的石山。

海生的物种在干燥的大气中游荡，

肌肉更快，兼以更敏锐的感官；

水生的冷鳃渐变成呼吸的肺，

黏滑的舌头发出声音的震颤。

从此菱角在清波下生根，

叶片分化成无数纤细线条，

水中挥舞着明丽的长发，

冷鳃畅饮着生命的空气；

阴凉处生长着宽大的叶片，
在清亮的水上舒展绿意；
呼出水汽凝成叶上的露珠，
享受暖阳，在清风中呼吸。

从此蝌蚪仍在溪谷游弋，
摇着波形的尾与平衡的鳍，
新肺和四足昭告第二次生命，
呼吸空气，再也不离开大地。
从此蚊子跃出了深池，
饮风晾干柔嫩的双翅，
星光下劈开空中的道路，
以人为食，鲜血染红口鼻。

从此刺鲀这种两栖动物，
用两个肺适应海洋与空气；

蜥蜴也能和鱼类一样游水，

全靠变温的血液和单心室；

海狸长时间潜水也多半如此，

多孔的心脏支撑游过大湖伊利；

七鳃鳗亲吻糙石，靠吸盘吸紧，

游动时用鳃和肺呼吸；

慵懒的鲫鱼以唇吸气，

挂在船身，阻碍船行；

巨大的鲸鱼靠腮肺呼吸，

时常需要出水换气；

嬉戏在正午的波光之中，

上升的水柱弯成变幻的彩虹。

大海的产物

乔治·克雷布（1754—1832）被拜伦勋爵称作“最优秀、最严格的自然画家”。这首诗选自长篇叙事诗《小镇》，以作者的家乡奥尔德堡为背景，主人公名叫彼得·格兰姆斯，后来本杰明·布里顿受此启发创作了著名歌剧《彼得·格兰姆斯》。

小溪清澈，缠绵，弯弯曲曲，

西风吹过，芦苇丛窃窃低语；

绿色的宝座在水中央，

一大朵百合是水中女王；

阻挡水道，水流减缓，

水泡汩汩，水声喃喃；

而与小溪对比鲜明的是，

一条大河映入眼眶。

永不停息，潮来潮往，

水流涌起，填满宽广的河床，

回归大海，万物席卷，

潮起潮落，退入可怖的深渊，

海蓬子与海乳草追随着洪流，

木桩与海藻在污泥中腐朽；

逐浪而高，杂物堆积，

大浪把一切送到了这里……

潮水退去，广阔的海岸，

迎来了夏天愉快的夜晚；

脚下踩着坚实的沙滩，

宁静的大地，安然的海洋；

此时不妨找找大海的产物，

漂浮在岸边，或卷到了岸上；

刺如荨麻，俗称荨麻水母，

活着的水母，容易把人刺伤；
有的体型巨大，有的
却只有戒指上的宝石大小；
这是神灵的雕琢——人类的技艺
无法造出与之媲美的珍奇。
柔软、娇嫩而辉煌，在水波中闪亮，
所到之处，衬托出更明媚的月光；
海难过后，水母成群而来，
科学也无法解释它们的所在；
在贝壳或石头上投下胚胎，
飞快地长大，自成一派。
你好奇地看着这些珠光闪闪的宝贝，
它们却轻蔑地拒绝庸俗的探慰。
看它们漂过纠缠的海藻，
慢慢靠近，乘着上升的水泡；
升上陆地，你才能看清，

纠结的叶片包裹着火星，

生命的花；肉眼看不清形状，

只能隐隐约约看见里面的火光。

再将目光转向变幻的海洋，

浪花翻卷，多么壮观；

丢一块石头，或划桨击水，

感受大海深处火焰皎皎，

或站着舀一勺含磷的溪水，

任冰冷的火焰在手上燃烧；

迷失之中，且行且看，

闪烁的海草，发光的波浪。

天鹅

威廉·华兹华斯（1770—1850）在《黄昏漫步——致一位年轻女士》中描绘了优美的天鹅。“这是写给我妹妹的诗，”华兹华斯在诗序中说，“埃斯韦特湖上有两对天鹅，一道溪流将他们分开，从不越对方领地一步。这古老而伟大的物种，美貌与威严并存，比一般的天鹅更加高贵，正如泰晤士河上的天鹅与鹅之间的区别。”

愉快地漫步在静静的湖水旁，

看小河蜿蜒汇入隐秘的河湾，

一只天鹅挺起胸脯，翅膀拍到后边，

脖颈如弓，弯在高耸的双翅间；

滑行的天使有一双明亮的眼睛，

优雅而骄傲，威严而平静，

他目光柔软，充满家的温情，

时时追随着爱人的身影，

温柔的雌天鹅缓缓前行，

身旁追随着棕色的小精灵，

调皮地轻咬漂过的睡莲，

与浮游的水草嬉戏缠绵，

母亲的心早已忘却了矜持，

高声唤回疲惫的孩子；

小家伙依次爬到她背上，

歇息于母亲合拢的翅膀。

宁静的水面久久悠暇，

无人的绿岛可以安家，

浓密的枝叶遮风避雨，

微风送来莲花的絮语！

远方小岛藏着天鹅的家园，

青青的蒲草装饰地面；

深草与柳条编织成墙，

高高的杨树在屋顶摇荡。

笨拙的花步，黑色的大脚，

大摇大摆走回了家；

清晨偶尔听到水边犬吠，

马蹄嗒嗒，号角声催；

长长的脖颈环起各种形廓，

在柔滑的双翼间随意摩挲，

随着一阵粗鲁的喧闹扑腾，

翅膀擦着水波，沉重地飞升。

洛多尔瀑布

罗伯特·骚塞（1774—1843）是湖畔诗人的代表，曾任英国宫廷的桂冠诗人。1820年，他和孩子们一起住在格拉斯米尔附近的格里塔庄园时，写下了富于童趣的拟声诗《洛多尔瀑布》。这首诗就如一道瀑布，随着诗文的铺展，水流逐渐变大。瀑布位于瓦滕德拉斯河，在洛多尔附近流入德文特湖南端。

“水是怎么流到
洛多尔的呀？”
我的小儿子问道，
他不仅想听，
而且还要
我用韵文回应。
听到这话，
我的一个女儿率先过来，
另一个女儿也不肯走开，

她们和弟弟一样疑惑，

都想听我详细说说，

水如何流入洛多尔，

如此匆匆，如此汹涌。

他们以前常常

听我用韵文吟唱，

这一次我也要用上

多年积攒的宝藏；

只因孩子们的快乐

是我的职责，

我就应当歌唱，

以我诗人的桂冠，

取悦他们，如取悦国王。

泉水从林间小湖

汩汩流出，

从泉眼

到山涧，

流成沟壑，汇成溪河，

淌过苔藓，冲破阻挠，

时而蜿蜒，时而咆哮，

随后安睡在

自己小小的湖沼。

直到出发的时辰，

幡然醒来，即刻启程，

穿过芦苇，

一去不回，

越过沼泽，流经草场，

沐浴阳光，蔽于阴凉，

穿行树林，

掠过峭壁，

从不停息，

日行千里。

时而激起浪花朵朵，

时而静待流水淙淙；

一时烟雾迷离，泡沫四溢，

一时暴怒如雷，浪走涛飞，

急行惶惶，
转个大弯，
从陡壁顶端
直落深潭。

瀑布泱泱，
从天而降，
怒气不减，横冲直撞，
每一处缝隙，每一块岩石，
都卷入了鏖战；
飞扬而起，
簌簌沉沦，
水漫而横扫，
水落而回抛，
飘飘洒洒，
曲曲折折，

漩涡如花，

喷薄透澈，

弯弯绕绕，

一环又一环，

无尽地流转；

重锤击打，

见者惊诧；

声色混杂，神魂惊怂，

头晕目眩，震耳欲聋。

汇聚又抛洒，

回退又驱驰，

撼天动地，

势如破竹，

分分合合，

依依不舍，

水珠四溅，

撞碎击裂，

粼光闪闪，

剑拔弩张，

浩浩荡荡，

钟声回响，

翻卷波涛，

嘶叫哀嚎，

奔腾不息，

咆哮不止，

泡沫流淌，

水花旋转，

坠落回弹，

声声震颤，

流水潺潺，

起起伏伏，

低吟高唱；

波光清澈，

汇成大河，

白浪滔滔，

震撼水道，

急驰而遁，

雷鸣滚滚；

水道分流，滑行游走，

倾泻而下，水花挥洒，

激流勇进，不畏艰辛，

洒落星光，泛起涟漪，

翻滚激荡，涛声回响，

气泡腾腾，冉冉上升，

轰轰隆隆，水波汹涌，

哗哗啦啦，粉碎成渣；

来来回回，时而铺陈交汇，

嘻嘻闹闹，时而迟疑徘徊，

奔流向前，时而舞动腾飞，

翻转腾挪，激起水声鼎沸，

水光、水雾、光色变幻，

喷涌、冲刷、左突右撞，

敲击、拍打、声声不断，

盘桓、卷曲、回环旋转，

起起落落，跌跌撞撞，水花跳跃，

奔流涌动，浪花激扬，瀑布飞掠，

川上之水，永远俯冲，永不停息，

声与动姿，相互混杂，浩然回应，

倏忽之间，半空之上，一声长啸，

就这样，水落到了洛多尔。

永恒的映象

乔治·戈登·拜伦勋爵（1788—1824）说自己在长诗《恰尔德·哈罗德游记》（1812年）前两章出版后"一夜成名"。书中描绘了他在葡萄牙、黎凡特和意大利的旅行。这首关于海的诗歌节选自长诗第四章（183—184诗节）。

你是伟大的镜子，照出万能的天主
暴风雨中的模样；无论何时何处，
无论平静还是暴怒——轻风习习，或雨骤风狂，
无论冰冻的极地，还是炽热的地方，
起伏的深波；——无边无际，无穷无尽，肃穆辽阔——
你是永恒的映象——无形的宝座；
淤泥深处生出怪兽；四面八方无不臣服：
你奔流向前，令人敬畏，深不可测，永远孤独。

我一直爱着你，海洋！

儿时最爱浮动在你的胸膛，

像刚刚出生的水泡，

稍大些，你的男孩在碎浪里游荡

——那是我最大的快乐，即使巨浪

有些可怕——也可怕得令人心欢，

因为我是你的孩子，

托付给远远近近的海浪，

抚摸着你的鬃毛——就像现在这样。

原　野

约翰·克莱尔（1793—1864）生于北安普敦郡，是一位自学成才的诗人，也是英国最伟大的自然作家之一，诗歌经常被收入各种文集。《原野》写于1824年至1836年间，描述了他家乡附近平坦的沼泽原野，充满了深情和趣味，诗的结尾表达了对围泽造田的遗憾。

……目之所及，不见丘陵，

天边一两片散开的浮云，

如远山的倩影，

欺骗了眼睛。

周围也没有大树葱茏，

修剪过的柳树矮得像灌木丛；

远方似有高物遮挡，

像树，像云，像烟囱，

也许什么都不像；

却又不肯脱下伪装。

芦苇荡棕色的流穗下，

浮游着大大小小的野鸭，

不时把头埋进水里，

捉鱼、嬉戏于水草和淤泥，

像水上扑腾的不倒翁，

倒栽下来，脚丫朝着天空。

一群鹅也来得巧，

轻啜河水，品尝水草，

汇聚一堂，微语高言，

如在饮茶聊天。

它们的争论愈发激烈，

红鼻子雄鹅出面了结；

伸长脖子左右劝解，

时而唏嘘，时而低吟。

或者轻啄着羽毛，

仿佛在说“肃静”，

争论总算渐渐平息，

它敦促双方重拾友谊；

长抒一曲胜利的高歌，

翅膀拍起水花多欢乐。

啊，从我身旁的灌木丛里，

一只燕子乘风而起，

轻快地飞跃橡树林，

只看到剪刀尾巴和平静的羽翼。

又见金雀花开遍原野，

何不独享这静谧的时节，

走走歇歇，从心所欲，

身边的一切都充满乐趣。

狂想的心灵多么羡慕，

这片原野的开放与袒露。

可每当我想要坐下来歇息，

却遍寻不到可坐之地。

河边早已不再是荒原，

那里布满青青的燕麦田，

小麦、大豆竞相生长，

丰收的希望就在前方。

农民望着田野心里快活，

他们需要土地来生活和耕作……

永恒的毁灭

1818年，约翰·济慈（1795—1821）在廷茅斯给约翰·汉密尔顿·雷诺兹写了一封信，以诗歌的语言绘声绘色地讲述了他的梦境。梦中，人们和知名哲学家共处于一个荒谬的场景。诗文反复提到克劳德·洛兰的画作《魔法城堡》，并以此收尾。这一灵感或许来源于洛兰画里的海景，又或许源自廷茅斯地区的红褐色悬崖和沙滩。

亲爱的雷诺兹！我做了一个神秘的梦，

不知该从何说起：我在海中岩石的绿藻上

读到了第一页文章；

岩石沉寂，多么宁静的夜晚，

沿着平坦的棕色沙滩

宽阔的大海将银色的泡沫

编成静谧的花边；

我回来了，心情多么美好

但远眺大海，只看到

大鱼吃小鱼不断上映，
永恒的毁灭、永远的血腥，
我不该看得太远，看得太清，
这教我如何能够开心。
直到如今，我依然痛恨那一切，
只愿采撷春天的嫩叶，
还有盛开的长春花和野草莓，
为何让我常常目睹血腥的毁灭，
鲨鱼恣意猎捕，苍鹰扑倒
温柔的知更鸟，像一只雪豹
吞没小虫，——滚开，可怕的世间！
可怕的心灵！你可懂得我的心痛，
此身宁愿化作教堂里的一口钟，
受尽敲打，也不愿意独自蹒跚，
与这可怕的世间相伴。

微暗的水光

杰拉德·曼利·霍普金斯（1844—1889）在1881年9月写给朋友的信里描述了因弗斯内德的风光：“有一天我从格拉斯哥赶到洛蒙德湖。那时天色已晚，夜色之中的湖水，隐隐约约，看不分明，却并不难看，反而散发着忧郁庄严的美感，给我留下了深刻的印象。”这首诗充满了野性的呼唤，真挚地恳求人们保护自然，如今的因弗斯内德迫切需要保护。

棕色的马背，微暗的水光，

水流滚滚冲下了大山，

泡沫如羊毛般梳理又逃散，

长笛遥挂，归入湖乡。

幼鹿般的水沫在风中鼓胀，

盘旋、翻转的一池清汤，

漆黑的水面皱起波澜，

回转、回转，坠入绝望。

露水扬扬，露水斑斑，
山坡的褶皱间水流潺潺，
石楠簇簇，蕨叶丛丛，
梣树珠玉满头，高坐河川。

没有滋润，没有荒芜，
这个世界将会怎样？留住，
哦，留住吧，荒芜和滋润；
愿野草和原野与世长存。

水下花园

埃德蒙·戈斯（1849—1928）在小说《父与子》（1907年）中愉快地回忆父亲讲述的海岸传说。

海岸下游，沿着海滩上卵石台阶往前走，踏上海中硕大的砾岩。年年岁岁，海边的巨石与红褐色的岬角劈开白色的海浪，俯瞰石灰岩围出的浅浅潮池。这里是我们的猎场，我和父亲曾一起探索水下的秘密，那时父亲多么轻松，多么快乐，多么和善……池塘像镜子，映着深色的天空，四周包围着柔软亮泽的海藻，那里见证了一个中年男人带着小男孩热切探索的身影。

如今顺着当年的足迹往海岸下游走，什么都找不到了，实在不必卷起袖子、白费工夫；而在我小时候，这里曾经那么美妙。小心地掀开水草的帘子，潮汐之间的岩石是一座座无与伦比的水下花园，盛放的花朵白的像雪，红的似火，粉的像霞，紫的如烟；可是只要掷一块石子进去，仙境就会被扰乱，一切绚烂即刻消散，消散在空洞的岩石间。

五十年前，德文郡和康沃尔的海岸边布满了坑坑洼洼的石灰岩，涨潮淹没时就像济慈的《希腊花瓶》所说，“安静得像一位娇羞的娘子”。不论满潮干潮，水池里总是装满了水，二十四小时内两度被大海的寒流填充，又两度被高空的气候运动搅乱，才会受到些许影响。除此之外，这里永远是生机勃勃的花床，精致而完美，连我父亲这么严谨的人都会犹豫再三，不舍摘下，不忍打扰这集万千美丽于一身的美人。这里的潮池经历了漫长的历史，寄居着不少软体生物，如海葵、海藻、贝类和鱼类，早在创世之初就开始繁衍生息，未曾受到外界侵扰。过去的景象至今时时萦绕在我父亲的脑海，久久不能忘怀。他总说，我们闯入了一个无人侵扰之地；如果德文郡有伊甸园，如果亚当和夏娃悄悄走进七彩的水雾里，就会看到我们眼前的景致：大虾像透明汽艇般滑翔，海葵摇摆着宽厚的白色触角，海藻漫无目的地在水上漂浮，好像倒置空间里的巨大红色横幅。

郊外的雪

托马斯·哈代（1840—1928）在其宿命论小说受到铺天盖地的批判后便埋头写诗。诗中表达了对世界飞速更迭的忧虑：《郊外的雪》不仅描绘了美妙的雪景，还表达了诗人希望通过“友爱”帮助人类对抗冷漠世间的心声。

落满枝头，平添肿胀，

压弯树梢，嫩枝轻颤；

枝丫相连如白色的鸭掌；

大街小巷沉默肃然：

迷失的雪花摸索向上，

遇到下坠的伙伴，随之而落。

木桩粘连，像一堵墙，

无风相送，雪花如羊毛般沉没。

麻雀飞到树上，

突然之间，

三倍大的雪团凭空而降，

撒满小雀的头和眼，

把它打翻，

几乎埋葬，

落到下方的枝杈，

把厚重的积雪冲刷。

台阶成了缓坡，白雪皑皑，

一只黑猫慢慢地走上来，

眼圆体瘦，满眼卑微的渴求；

待我开门将它收留。

海狸老爹

格雷·奥尔（1888—1938）是阿奇博尔德·比兰尼的笔名，意思是“灰色的猫头鹰”。他从捕猎人变成了一名环保主义者后，就给自己取了这个笔名。本篇关于海狸的记叙选自他的畅销儿童小说《萨卓与海狸朋友们的奇幻冒险》（1935 年）。

阳光洒满池塘；绿吟山恬静安逸，几只鸭子在山池小憩，仿佛漂浮在空灵之中，纤细的白杨立在池畔，清晰地倒映在光滑的水面，水与树无缝相接，分不清哪里是水，哪里是树。银闪闪的白杨，红艳艳的五月花，蓝湛湛的水，池塘美如仙境。静止的画面上没有一丝动静，除了沉睡的鸭子，仿佛了无生机。但若耐心观察，不言不动，不一会儿就会看到近岸的水面泛起一圈涟漪。就在水边的急流间，可以清晰地看到一个深棕色脑袋，还长着一对圆耳朵，正小心翼翼地往外探看，听一听，嗅一嗅，渐渐露出水面，是个毛茸茸的小家伙。它飞快地游弋，却没有发出一丝声响，很快游到远岸，消失在芦苇丛中，高高的芦苇摇曳摆动。过了一会儿，它再次现身，衔着一大把草，向前方巨大的黑色土堆游去。它衔着草把，埋头潜下水，一直潜游到土堆正前方。它刚不见踪影，另一个脑袋也衔着草把，从另一个方向游过来——忽然之间，毫无预兆地，硕大的扁平尾巴重重地拍向水面，溅起一大圈水花，大脑袋猛地扎进水里，无影无踪，那捆草也不见了。这天早上，大羽又看到了同样的一幕。原来水里那些毛茸茸的棕色脑袋就是海狸，黑色大土堆就是海狸的家，它们正忙着添砖加瓦。

海狸的家高约六尺，宽达十尺，刚刚砌上了新泥，斜顶以粗木支撑，像碉堡一样安全稳固，就算驼鹿在屋顶踩来踩去也不怕。旁边的宽阔通道用来运送造房子的材料，如果你足够小心，不让风泄露你的气息，也许会有机会看到海狸老爹从河岸挖土运往小屋。它慢慢地游着，生怕漏掉一丁点儿；来到家门口，像人一样站了起来，捧着湿泥走上屋顶，堆在那里，用手和泥，抹平角落，填补裂缝，最后还要拿大小合适的棍子压一压，让新泥粘得更牢固。

老爹的辛劳自有其原因。在这鲜花怒放的温暖时节，在那模样古怪的大屋子里，藏着四只毛茸茸的小宝贝，小心地躲开了全世界的窥探。小家伙们身形刚刚长成，睁着一双双明亮的黑眼睛，前掌像小手，蹼状的后腿正粗壮，后面还有一条条橡胶似的扁平尾巴。它们胃口正好，肺活量也不错，一天到晚吵个不停。

Thierleben
von A. E. Brehm

海的音乐

亨利·贝斯顿（1888—1968）1925年回到了科德角，住在一个20米×16米的小屋子里，他将自己的小屋称为“法罗古堡”，并在这里写下了《遥远的房屋》（1928年）。这本书深切地影响了《寂静的春天》（1962年）的作者蕾切尔·卡森。

自然之中有三种伟大的声音，是其他一切声响的基石，那就是雨声、森林的风声以及大海的声音。我有幸听过这三种声音，其中海的乐章最壮丽多变。站在海滩上，倾听大海传来遥远的音讯，怎么可能单调无趣。

海洋有许多声音，仔细聆听，仿佛能听到整个世界：那里有空旷的炸响、沉重的轰鸣，浪花在翻滚，激流在回荡，尖厉的讯号枪声，水溅声，海风声，石头的碰撞声，甚至还有隐约传来的人声。各种声音不断变化着节奏、声调、音高和韵律，时而平和，时而高昂，时而狂暴，时而肃穆，时而简简单单，时而复调重重，充满了难以言喻的心事与水元素的精神。

风的每一种情绪，天气的每一副面孔，潮汐的每一帧变化——都是大海独特的音乐。潮落是一种乐声，潮起是另一种乐声，二者的区别在涨潮之初最为明显。刚刚涨潮的一个小时前后，潮汐的能量不断积累，海浪越来越响；随后惊涛拍岸，战鼓回荡；战火一次次席卷又重来，海浪的节奏和声响也随之变幻。

大海是大地的心血，来自日月之力的采撷揉捏，而潮汐就是大地的血管在收缩与舒张。

海浪的韵律是生命的脉搏，纯净的力量永远蕴含在奔流不息的波涛之中，随之流逝。

水獭的成长

1921 年，亨利·威廉姆森（1895—1977）搬到了北德文海岸边，并以此为背景写下了著名的《水獭塔卡历险记》（1927 年）。本篇所选的部分，通过燕子的迁徙提示塔卡即将结束的童年，展现了威廉姆森紧凑的叙事。

水獭塔卡来到羊角鸭池塘已经四天了。日落时分，芦苇荡里做窝的燕子还没睡，聚在一起呢呢喃喃，一直到初升的星辰映照水面。燕子们都睡不着，明天就要离开这片深爱的青草地，飞向遥远的南方。它们倚着尚未抽穗的芦苇尖低吟细语，那么温柔，那么甜蜜，人类几乎不曾听到过如它们这般温柔的絮语。它们聊着灰白的大海，聊着掀翻羽翼的大风，聊着云天之下的惊雷，聊着一路经历的风雨饥寒，直到再次看见非洲海岸的水沫波光。它们从不谈论谁坠入了大海，谁在法国、意大利或者西班牙被人类捉住，谁撞上玻璃灯塔扭断了脖子，夏天的鸟儿不考虑这些，不思考死亡。它们欢快雀跃，思想纯净，对人类的手段一无所知。

塔卡怀着好奇，观察着燕群，看它们扇着翅膀从头顶掠过，黑色的翅膀遮天蔽地，划过大风吹皱的水面。黄昏时分，它出来舒舒筋骨，又看到燕群飞上星空，如一声叹息。“快了！快了！快了！”老鹭诺德站在池边浅滩上，不住地感叹，一动不动，神情凄凉。这或许是燕子们听到的最后的乡音，夏天的青鸟从此离开熟悉的茅草

屋，开启艰难的旅程。

燕群走后不久，塔卡正在池塘里玩，突然听到一声短促柔和的哨声。五只水獭停止嬉戏，侧耳倾听。哨声再次响起，塔卡的母亲出声回应，它的声音热切而响亮。母水獭循着声源游去，格雷马佐和莱特提普紧随其后，塔卡也激动得叫出了声："伊扬——"这意味着他不再是幼崽，已经长成了真正的水獭。

百分之十的上帝

肯尼斯·史蒂文（1968— ）在短短的八行诗《小巨人》中刻画了水獭的无穷魅力。摘自《艾奥纳》（2000年）。

水獭百分之九十是水，
百分之十是上帝。

真了不起，
我们数万年都无法理解。

我曾在苏格兰西海岸看见一只水獭，
正与大西洋嬉戏——

三尺小儿玩着体操，
和大海较量。

旅途见闻

格雷姆·斯通斯（1956— ）曾经在石油钻井上工作，目前在苏格兰卢英岛生活和工作。这首诗从未发表过，征得他的同意后在此与大家分享。

一只小海豹，风暴后的遗孤，
弓身跳上了船尾，
怒气冲冲，
像一只受困的獾。

一只溺水的海鸥，
从波涛中捞起，
早已不成样子，
除了一双黑色的眼睛，
偶尔眨动，

与一滴原油几乎没有区别。

奇怪的是，每到拂晓，

甲板上散落许多戴菊鸟，

飞离枝叶，飞越三百英里，

前额鲜艳如火，

对面包屑视若不见，

一动不动，直到正午。

对它们来说，我们的船，

如同对我们而言一样，

都是自己的领地。

Chapter 5

惊　喜

如果整日忧患，生活将会怎样？

没有时间驻足欣赏。

不曾站在树下，

像牛羊一样久久凝望。

W. H. 戴维斯，

《闲暇》，《欢欣之歌及其他》，*1911* 年

龙象之争

老普林尼（23—79）是一位知名的博物学家，但有些不够严谨，例如著作《自然史》（第八卷第11—12章）中关于印度象和龙之间的长久争斗的描述。

非洲盛产大象，主要分布在塞尔特斯沙漠边缘和毛里塔尼亚地区，此外还能在埃塞俄比亚人和穴居民族聚居的国度看到大象。然

而，只有印度象体型最大，与当地的巨龙（蛇）争斗不休。龙象之争，谁都讨不了好。庞大的巨龙足以将大象缠绕、包裹，而大象的重量也足以将缠绕的龙压成两段。

每一种动物都有自己的智慧，龙和象将这一点体现得淋漓尽致。龙不擅长爬树登高，便躲在高树上伺机而动，待猎物经过即俯冲而下。大象心知无力与大蛇纠缠，便在大树或岩石上来回摩擦。

不料龙早有防范，一开始就用尾巴困住了象腿；象鼻厮打挣扎，龙便一头撞向大象的鼻孔，重创最柔软的部分，教它呼吸不得。

狭路相逢，龙腾空而起，直面对手，径取大象的眼睛；许多大象因此失明，饿成皮包骨头，甚是凄惨。龙象之争，两败俱伤，何至于此？难道大自然喜欢观赏势均力敌的对手自相残杀？

树　生

约翰·杰拉德（1545—1612）在《草药集》（1597年）中效仿亚里士多德、普林尼和弗雷德里克·霍亨索伦等早期博物学家，描绘了奥克尼岛与兰开夏郡的黑雁在树上孵化的情景。

苏格兰北部及邻近岛屿（奥凯德）的树上挂着白褐色的蛋，里面孕育着小生命。成熟时蛋壳裂开，一条小生命钻出来，掉到水里就成活为鸟，长成黑雁；如果不幸落地，就什么也没了。这些都是前人的记录，以及当地人的口口相传，跟实际情况差别不大。

我有幸亲眼见证了黑雁在树上孵化的情形。兰开夏郡有个小岛

名叫彼尔岛（从弗内斯出海不远），岸边散落着破船的碎片，也许是船只失事后漂到这里。岛上还有些老树，树枝都腐朽了，落到地上分不清哪是破船，哪是朽枝。就在这样的老树上，竟能找到像泡沫一样的圆东西，慢慢硬化成蛋壳，形似贻贝，只是两头更尖，颜色更白。壳内仿佛有一道精纺的丝线，系着一团圆滚滚小东西的肚皮，也许今后将长成大鸟。成熟之际，蛋壳裂开，首先能看到那条丝线；接着鸟腿伸出来，鸟儿越来越大，蛋壳越裂越开，终于完全钻出来，只有喙还粘连着壳。鸟儿出生不久，就坠入大海，在海里生出羽毛，出落成大鸟，比野鸭大而比天鹅稍小，有着黑色的腿和喙，羽毛黑白相间，类似喜鹊。兰开夏郡将黑雁俗称为树生鹅，这一带数量众多，一只顶多卖三便士。以上系亲眼看见，如有疑问，敬请询问。

西班牙猎犬、马士提夫獒犬和舞者

威廉·哈里森（1543—1593）在《英国印象》（1577年）第三卷中对狗的描写非常精彩，其中有些说法来自前人的著作，主要包括剑桥大学约翰·凯乌斯博士1570年以拉丁文发表的相关专著。

英国的狗数量之多、驯养之精、种类之繁，无别国可比。第一类是西班牙猎犬。西班牙猎犬喜欢招惹野兽，捕捉鸟类，发现了猎物就穷追不舍。西班牙猎犬又可细分为八种，有的嗅觉灵敏，有的目光敏锐，有的快如闪电，有的既嗅觉出众又反应迅速……还有的奸狡诡谲，善欺罔视听，每一种各有所长，都精于狩猎。古罗马历史学家斯特拉波将它们统称为慧犬，不仅因其猎食技能卓越，更在于它们知己知彼、善识同伴。如果猎人见某条犬善于追踪，便命令其他的猎犬追随其后，其余猎犬听到主人说起同伴的名字，便懂得照做。前面提到的第一种猎犬嗅觉灵敏，名叫猎兔犬，主要捕捉狐、兔、狼（如果英国还有狼的话）、鹿、獾、水獭、臭鼬、鼬鼠等；目光敏锐的猎犬名为㹴犬，只能捕捉獾和灰马；快如闪电的是寻血犬，善于追踪猛兽，时常不借外力追踪盗贼及野兽；嗅觉和反应都很不错的是锐目猎犬，犬目锐利，擅长追捕；第五种是灵缇犬，身材魁梧，力量无穷，行动迅猛……这种犬类毛发柔顺，色彩斑驳，但有少许脱毛；第六种是来默犬，嗅觉灵敏，健步如飞；第七种是翻斗犬；第八种是怪盗犬，特别善于伪装欺骗，真不敢相信这么愚钝的动物却有如此奇特的智慧。

凯乌斯博士不仅列举了善于追踪与捕猎的各种猎犬，还记录了与猎鹰配合捕猎的猎犬，并将其分为两种。一种瞄准陆上的猎物，另一种善于追捕水禽。前者捕捉漏网的猎物，后者引导猎鹰捕猎。他没有特地为第一种猎犬取名，其俗名往往根据的是捕猎或者配合捕猎的鸟，有的名叫野鸡猎犬，有的叫猎鹰犬，还有所谓的鹧鸪犬，它们也都属于西班牙猎犬，不知是否源自西班牙。西班牙猎犬中还有一种水猎犬。

还有一种猎犬比较温顺，名叫温和犬，也叫安慰犬、掌上犬，或者根据来源地（马耳他岛）称作马里塔犬。它们身小体美，匀称精巧，奔来跑去，取悦衣着雍容的夫人们，赢取美人的欢心；终日无所事事，极尽嬉闹之能事，消遣时日，以玩乐填满颓废的欲望，打发无聊的时光。这些安于享乐的小狗越是娇小（且前额凹陷），就越适合做伴，越受人们喜爱，越能带来欢乐。它们和主人同食同居同行，蜷缩在怀里，趴在腿上，躺在马车里吐着舌头（就像小戴安娜一样）。粗劣和精巧没有任何关联，但成功与灵巧却息息相关……

居家常见的大型犬是牧羊犬和獒犬。牧羊犬四处可见，善于聚拢和驱赶羊群（吃草或走在牧羊人前面引路），这里无须太多介绍。除了牧羊犬之外，大型犬中特别值得一提的是马士提夫獒犬，也称为绳索犬或链条犬，以其白天大多被结实的绳索或铁链锁住以免伤人而得名。獒犬体型巨大、性情坚韧、相貌丑陋、骨架粗壮（因而身手不够灵敏），比田园犬或科西嘉犬凶猛得多，叫人不敢直视。英国人略施手段，教獒犬发挥天性。它们英勇无畏、粗壮凶猛，英国人就在不加防护的情况下教它们诱捕熊、公牛和狮子等猛兽（出门捕猎或者在家圈养都是为了同一个目的），还训练它们和人摔跤搏斗（为安全起见给人配备了枪柄、棍棒、刀剑或防护衣），于是它们对陌生人愈发残暴……

獒犬力大无穷，紧咬不放，超乎一切信念，胜于一切赞誉：三只可敌一头壮熊，四只可抗一头雄狮。有报道称，亨利七世仅因獒犬胆敢与象征英国王室的狮子打斗，便下令将其吊死……

獒犬难以忍受陌生人进入屋子或院子：如果陌生人摸了家里的东西，它们一定会飞扑过去，甚至可能把人咬死。我就养过一条獒犬，它决不允许任何人持武器步入家门，或当着它的面触碰屋里的任何东西。但是，我打自家小孩的时候，它却轻轻地用牙齿把棍子从我手中叼走，或扯着孩子的衣服逃离棍棒之苦：这一点非常动人。

最后一类是杂交犬。第一种是小灵狗或竖耳犬，也有人称之为警告犬，一旦夜间有人在附近鬼鬼祟祟地出没，它们除了狂吠警告之外，什么都不会做。杂交犬兼具各种犬类的特点，很难总结归类。第二种是转轮犬，生活中很常见，能转动轱辘从深井中取水（有时也要帮修补匠搬运重物），果然犬如其名。罗伊斯顿地区就能见到这种犬……

还有一种宠物狗名叫舞者，也是一种杂交犬，能随着乐声起舞。鼓点的跳跃、西塔拉琴甜美的旋律、竖琴轻快的和声，引得它们身姿扭动：时而突然直立，时而平躺，时而咬着尾巴环成一圈，时而苦苦索求食物，时而叼走别人头上的帽子或其他东西，都是从玩世不恭的主人那儿学来的，就像老猿猴学着浪人的样子穿着五颜六色的高腰上衣……

习惯的力量

吉尔伯特·怀特（1720—1793）在《塞耳彭自然史》（1789 年）中欣喜地提到燕子的机敏多谋。

燕子筑窝的地方总是叫人惊叹。主人家修剪枝叶的大剪子紧靠着花园小屋的墙板，一只燕子花了两年时间在钳子的手柄上做了个窝。万一主人要用大剪子，燕子的窝不就毁了吗？更奇怪的是，另一只燕子把窝安在了谷仓上吊死风干的猫头鹰身上，它在猫头鹰的翅膀上筑巢，巢里堆着鸟蛋，简直是英国最精致的私人博物馆。主人看到这一景象很是惊奇，便给了来访者一只大海螺，放在猫头鹰原先所在的地方：第二年，两只燕子回来了（极可能就是之前的那一对），便在大海螺上筑巢下蛋。

黄色的柱头

乔治·克雷布（1754—1832）是一个善于观察的博物学家和热切的昆虫学家。在《丈夫指导》中，他取笑了一位试图指导心怀浪漫的妻子学习植物学的丈夫。

他俩漫步穿过果园和树林，
小巷田间谈起植物和爱情，
芬奇说："亲爱的奥古丝塔，
真的吗——你真的想了解植物？
记得你曾对我说，
自己太笨，啥也不会做。
别担心，想学什么都告诉我，
有我指点就不会错。"

"不会吧，"她说，"你来真的？

我说过想要好好学习，
你也说这是美好的愿望，
我知道你不会藏私，
干吗老强调学习的志向；
你到底想要我怎样？”

“亲爱的奥古丝塔，
渴望知识怎能不付诸行动？
那才不算真正的愿望。”

“讨厌！又笑话我！
我是哄你开心才这么说；
夸夸你罢了，何必当真——
学来学去，真是要命！
没错，我说过这个愿望，但不是承诺；
说就说了，不代表‘非得要做’。

也罢，来吧，以我的天分，何必逃跑，

就让你来做我的向导；

回头布斯比夫人一定把我夸，

说：‘她和我一样，是个大植物学家。’”

“好吧，我的奥古丝塔，”芬奇心情忐忑，

开始了第一次科学课；

作为导言，他说道，“亲爱的，

你的想法很好，我们一起努力吧；

不要让琐事耽误了进度。”

夫人嘴上答应，心里却在打鼓。

不知不觉走了很远的路；

他带着她看花，花儿风姿楚楚；

看花萼和花冠，果皮和果实，

看植物的外形，从根到枝；

各色形态讲解周详，
可怜的奥古丝塔心里发慌；
还要观察叶片的形状，
像新月，像竖琴，有浅凹形，有锯齿倒长；
学名老长，全都要学，
提琴形叶、羽状半裂叶、啮蚀状叶，
指印形，扩张式，丘疹状，扁平形，
“哦！”学生说，“我头晕，停一停。”
“别担心，”他还想继续，
灌输知识，启发思绪；
“亲爱的，”他停下道，“专心听，别发愁。”
“在听呢，”她说，“啥时候才是个尽头？”
“我们继续——课程大有进展，
告诉我哪个是柱头，请指给我看：
试一试，我讲过的，指一下就好，
慢慢来，想一想——你一定知道。”

“柱头！我知道——那个黄色的头，

下面一根针，上面都是粉，

你还说那是妻子和丈夫，

开玩笑啦——我心里有谱，

这就给你指出。”

老师满脸忧愁，合上了书。

（眼前到处都是示范的植物）

不住地叹气——“我认输。”

水 仙

多萝西·华兹华斯（1771—1855）非常善于观察。有一次和兄弟威廉·华兹华斯一起在阿尔斯沃特湖边散步，看见几丛随风摇曳的水仙，便习惯性地将这一场景记录下来，笔触细腻，充满了浪漫情怀。

星期四，15 日。我们在高巴罗公园外的树林里散步，看到湖边有几丛水仙。也许是湖水将种子推上了岸，小小殖民地不断成长。再往前走，水仙越来越多；最后来到几棵大树旁，只见一道花带沿着湖岸铺展，如大道般宽广。我从未见过如此娇美的水仙，开在长满苔藓的石头上下，有的花冠倚着石头，就像疲乏时惬意地靠着枕头；有的随风摇曳、翩然舞动，在湖风中真诚地欢笑，笑望着世间，不停地变换着姿态。风吹过湖面，小小的花团遍地可见，还有几朵散落在不远处。小小的几朵花，并没有影响花之大道的纯粹、和谐与繁华的生命。

威廉·华兹华斯写下著名的《水仙》时，似乎参考了妹妹的作品，却对此只字不提。

我如孤云般游荡，

高高地飘浮在山上，

忽然看到一大片，

一丛丛，金黄的水仙；

开在树下，长在湖边，

迎着微风轻舞翩跹。

绵延不断，繁星闪闪，

像银河般璀璨，

沿着湖湾的边缘，

向无尽的远方延展。

一眼望去千枝万簇，

花冠轻摇如舞姿起伏。

湖光中涟漪的舞蹈，

也比不上水仙的逍遥：

相伴如此精彩，

诗人怎能不开怀。

我久久凝望，无法想象，
这是多么珍贵的宝藏。

后来我常常躺在沙发上，
神思茫茫，无可思量，
心灵中闪现金色的水仙，
祝福送给孤独的世间；
刹那间我的心充满幸福，
随水仙一起欣然起舞。

系铃铛的大老鼠

简·劳顿（1807—1858）是早期科幻小说的先驱，她写的园艺手册也大受欢迎。她对托马斯·伯尔曼1736年的《数种动植物介绍》做了较大的修改，改名为《伯尔曼夫人五百多种有趣的博物动物通俗大观》（1850年）。其中一篇讲述了捕鼠的妙招。

大老鼠（褐鼠）体积是小老鼠的四倍，背部是棕色，腹部呈白色；头长眼大脖子短。大老鼠特别喜爱人类的住宅，一旦安窝就很难灭绝；加之繁殖速度惊人，一窝幼鼠多达一二十只，一年增长三倍，两年时间足够一对成年老鼠生出数以百万计的幼鼠（如果食物充足且无天敌的话）；食欲难填促使它们自相残杀，弱肉强食。雄性褐鼠通常独来独往，其他鼠类无不敬而远之。

褐鼠凶猛无畏，强敌靠近立刻凶性大发，拼命反击。它的牙齿

又长又尖，咬痕不规则，一旦被咬就很难恢复，而且疼痛剧烈。它还善于挖洞，轻快地穿梭于房屋地板下、墙的砖瓦之间，毁坏房屋的地基，带来极大的危险。即便最牢固的浆砌工艺也难以幸免，长年抵御河流及运河河水泛滥的大坝常常被挖通。

不久前，有人在梅克伦堡旅行，留宿新哈格拉尔旅店时发现了一桩趣事。那天午餐后，老板在地上放了一大碗汤，吹起一声响哨，许多动物都跑了进来，有獒犬、安哥拉猫、老乌鸦和一只脖子上系铃铛的大老鼠。动物们围着那碗汤，互不打扰地喝汤。喝完汤，猫、狗和老鼠躺在火炉前休息，乌鸦飞出了房间。老板向客人解释道，这些小动物在一起很久了，其中大老鼠特别有用，一跑起来铃声叮当，赶跑了房子里的其他鼠类，小店从此不受鼠患之扰。

论着装

玛格丽特·加蒂（1809—1873）在《大英海草史》（1863年）的序言中，为抱负远大的女性博物学家提供了不少着装方面的建议。

脱下常服，套上沉重的打猎靴，涂一层薄薄的牛角油（渔夫常用的一种油）使靴子防水，远行的旅者都很熟悉这一套。穿好靴子，接下来就是衬裙的问题；女性博物学家出海收集海藻，穿着衬裙很不方便，而且要穿衬裙就没法着男装；如果一定要穿，应尽量选择羊毛布料的衬裙，而且不要长过脚踝。

游艇服近来正当流行，特别适合船务。游艇服包括一套蓝色法兰绒或毛纺短裙，配有马甲和夹克。尽量别披斗篷或披肩，长边短褶，碍手碍脚，而且容易浸湿，实在不方便；如果一定要戴，最好穿戴整齐以免碍事。

总的来说，普通帽子优于女士花哨的软帽，羊毛长袜优于棉袜，一双耐用的手套更是必不可少。想在海岸边收集海藻的人，但凡有点理智，一定会抛开帽子、丝织品、绸缎、蕾丝、手镯和各色珠宝……即使最安全的海岸线，也建议在男士的保护下深入低潮线去探索。男人们喜欢收集化石，素描风光，够勇猛的还会射杀海鸥。我们收集的海藻，在他们看来也许不过是一团“垃圾”，所以除非有人自愿帮忙，一般没必要把他们牵扯进来。而我们，只要有海就够了，希望海边有许多低矮的黑色礁石。

波摩娜的珍宝

亨利·梭罗（1817—1862）的《瓦尔登湖》（1854年）脍炙人口，而他1862年在《大西洋月刊》上发表的赞颂苹果树和苹果的散文《野苹果》却鲜为人知。

苹果花比任何一树繁花更美，甜美的气息教人望而生津。过往的人们禁不住诱惑，驻足停留，凑近观赏。花瓣半开半放，尤为动人。相形之下，梨花白而无味，在苹果花面前难免自惭形秽！

七月间，青苹果个头变大了，预示着苹果酒和秋天的到来。几个未长成的小苹果落到草地上，是大自然有意不让苹果树过于稠密。罗马作家帕拉狄乌斯曾经说过："树根分叉的地方压一块石头，可以防止未熟的苹果掉落。"许多人至今仍然信奉这一点，难怪我们经常能在长得太繁盛的苹果树下看见许多石块。英格兰萨福克郡流传着这样一种说法："米迦勒节前前后后，半数苹果落到地头。"

早熟的品种大约在八月初成熟；虽然口感不佳，但香味不错。比起摆在橱窗里的香水，倒不如用苹果使手帕留香。苹果和苹果花的清香，一样令人难忘。我曾在路上捡到几个粗糙的果子，动人的香味使我想起了波摩娜（罗马神话中掌管水果和果树的女神）的珍宝，遥想果园里红彤彤、黄澄澄的苹果一筐筐采摘下来，送往酿酒厂酝酿发酵，酿出新的苹果酒……

十月，树叶脱落，苹果在枝头格外引人注目。有一年，我在隔

壁镇上看到几棵果树，比往年更加果实累累，黄黄的小苹果悬在道路顶上，压弯了枝叶，如莓果丛丛，与平时的模样截然不同。就连顶端的枝丫，也不再直指天空，而是向四周蔓生、低垂，层层叠叠，相互支撑，仿佛画中的榕树。正如古英语手稿中所写："频婆（苹果）之愈繁，愈近于人也。"……

夜晚越来越冷，农场主们也忙碌起来。果园里到处架着梯子，倚在果树旁。我们只合心怀感恩，欢乐地接受这天然的馈赠，何必去管掉落的果子成了树下的新肥。英国有许多关于苹果的风俗，我在《大英古物》中就找到了不少有趣的说法。书上记载："圣诞前夕，德文郡的农场主和工人们把一片吐司面包放在苹果酒中，郑重其事地来到果园向苹果树敬酒，祝愿下一季硕果累累。"仪式如下："他们在树根周围洒上一圈苹果酒，撕一点吐司放在树枝上，一群人围绕着收成最好的那棵苹果树，一次次举杯祝酒：

'敬一杯酒，给老苹果树，
从新芽初绽到叶茂枝繁，
再到果子成熟！
帽子满了！杯子满了！
桶子满了！袋子满了！
我的口袋也满了！
庆祝！'"

镜中的昆虫吃什么

刘易斯·卡罗尔（1832—1898）的《爱丽丝镜中奇遇记》（1871年）模拟了一堂有趣的自然课。在维多利亚时代，小朋友们都要上自然课。

“那好吧，”小虫子说，“往灌木丛那边走就能看见一只摇马蝇，全身都是木头做的，在树枝上摇摇摆摆。”

“它吃什么呢？”爱丽丝好奇地问道。

“树汁和木屑，”小虫子答道，“也和我说说你们那儿的昆虫吧。”

爱丽丝抬头看着摇马蝇，兴致勃勃地想，它一定刚刚上过漆，颜色鲜亮，看起来还有点黏手。她继续说道：

“我们那儿有蜻蜓。”

“我们这儿也有，瞧你头上的树枝，”小虫子说，“那儿就有一只圣诞蜻蜓。身子是梅子布丁，翅膀是冬青叶，脑袋是浸过白兰地的葡萄干。”

“那它吃什么？”

“牛奶麦片粥和肉饼，”小虫子回答，“最喜欢在圣诞礼物的盒子里做窝。”

爱丽丝上下打量着那只头顶点火的圣诞蜻蜓，心想：“难怪昆虫喜欢往蜡烛上飞，是不是都想变成圣诞蜻蜓？”爱丽丝继续说：“我们那儿还有蝴蝶，英文的意思就是‘黄油蝇’，这里有吗？”

“正往你脚上爬呢，”小虫子说（爱丽丝吓得缩回了脚），“喏，那就是面包黄油蝇。翅膀是涂了黄油的面包片，身子是面包壳，脑袋是一块糖。”

“那它又吃什么呢？”

“奶油淡茶。”

爱丽丝忽然想到了一个新问题，问道：“如果没有奶油淡茶怎么办？”

“当然会饿死。”

“不会经常发生这种事儿吧。”爱丽丝若有所思。

“常有的事儿。”小虫子说。

美味的追求

让—亨利·法布尔（1823—1915）是一位自学成才的昆虫学家。作为教师，他的性格直率而富有活力，写出的生物小品轻松活泼，例如《蝗虫的一生》（1917 年）。

时至八月末，身材纤弱的小年轻觉得求爱的时候到了。他扭过头，挤眉弄眼地望向健壮的雌性，低下头，挺直胸，尖尖的小脸上写满了激动。他就这样，一动不动地凝视着魂牵梦绕的美人，姿势不变，久久凝望。美人却纹丝不动，一脸冷漠。尽管如此，求爱者还是抓住了其中默许的讯号（天知道他是怎么看出来的）。他一步步靠近，忽然展开双翅，翅膀兴奋地颤动，作为爱情的告白；随后，便拖着小小的身躯，纵身跃到她丰满的背上，紧紧抱着不放，这个姿势保持了很长时间，终于开始交配。交配的过程也是一如既往地漫长，持续五六个小时，其间几乎一动也不动，叫人提不起观

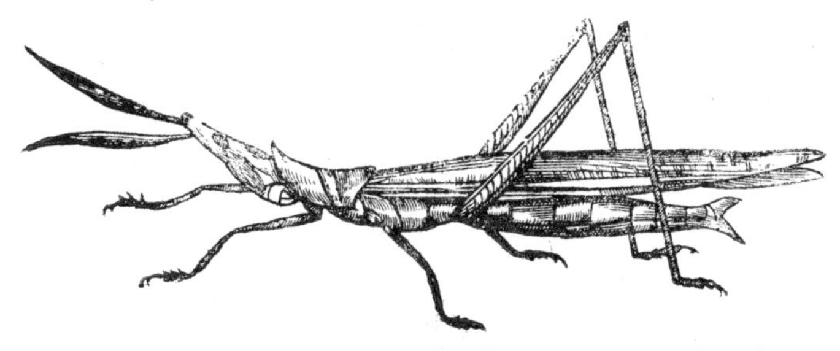

察的兴趣。后来这对爱侣各自分开，交配也随之结束。然而不久的将来，他们将重新结合在一起，血肉交融、永不分离。美人爱他，不仅是春心的满足，更何况他如此美味。交配当天，最迟次日，她就把爱人按倒，拧断脖子——千百年来代代如此——再一口一口、细细地把他吃掉，只留下一对翅膀。

天鹅与鳟鱼的故事

威廉·亨利·哈德森（1841—1922）生于布宜诺斯艾利斯，1894年定居英格兰，成为一个热心的博物学家。他是英国皇家鸟类保护协会的发起人之一，本篇选自他的作品《鸟类的冒险》（1913年）。

最后，我要说说一只孤独的天鹅找朋友的故事。这故事听上去简直令人难以置信，好在我有幸得到目击者的许可，说出他们的真名，以证明此事的真实性。故事发生在切姆斯福德镇附近的小切姆斯福德庄园，目击人宾法特夫人和朋友吉尼斯小姐就住在那里。房子不远处有个狭长的人工湖，与小溪相连，溪水从长湖的一头流进，又从另一头流出。湖里溪中都有鳟鱼，湖上还养了一对天鹅，三四年前生了一只小天鹅。几个月后，小天鹅渐渐长大，父母把它赶出了家门。小天鹅一点儿也不想离开，即使一次又一次被赶跑，却一次又一次游了回来。后来，被赶得实在太凶，终于放弃希望，游到了湖的远端安家。

这时候，吉尼斯小姐开始在湖边画水彩素描，孤独的天鹅无比喜悦。每次她一出现，天鹅总是飞快地游过去，来到岸上，跟在她身后形影不离。她坐下来画画，天鹅就满足地待在旁边，一直到她画完起身离开。如是五六周，素描画完后，吉尼斯小姐出门访友，可怜的天鹅又落单了。又过了些日子，有个工人来湖边清理灌木丛，天鹅立刻把他当成好朋友；每天早晨都会从湖里游过来问好，一天到晚陪伴着他。工作忙完后，工人也走了，天鹅再一次陷入了落寞中。平时，每当女主人靠近湖边，天鹅就格外热切；女主人离开时则尤为失落，女主人都不太愿意见到它。

近来，天鹅似乎变了，不再苦苦地等在湖边，痴痴地守望访客，也不会一见人靠近就欣喜若狂地跑上岸。它似乎开始享受孤独，有时可以在水中某处一动不动，静静地待上一个小时；有时也会轻拨湖水，缓缓滑行，恍若静止。如此一来，大家意外之余也甚为欣喜：前段时间天鹅的寂寞不快让所有人都不好受，如今它似乎总算习惯了独处的生活。然而不久后，大家才发现：天鹅根本就不孤单，一直有个朋友陪在身旁——那是一条大鳟鱼，时时陪伴在天鹅身边的水下，好朋友一起休憩、一起游动，就像一个整体。见者无不称奇，稍事观察便不得不信：两个截然不同的小家伙真的成了好朋友。

这是怎么回事？原来天鹅在寂寞中，急切地想找一个小伙伴，无论水中还是陆上都可以，而附近只有一条鳟鱼。那么鳟鱼是怎么想的呢？也许它也从中受益。天鹅进食掉落的碎屑，恰好喂养了鳟鱼，在它的意识中，天鹅跟食物形成了关联。当然，生物学家并不认为鳟鱼能产生自主意识，毕竟它没有脑皮层，但这并不重要。除此之外，也许天鹅曾经用喙触碰朋友的脊背，就像在为另一只天鹅梳理羽毛。皮肤或鱼鳞的碰触，对鳟鱼来说多么温柔而愉悦。我曾在树林里捡到过许多小动物，还有不少蟾蜍。每当我轻抚它们的背部，小家伙都会放下野性，心满意足地待在我的手心里。

后来，庄园里来了一位伦敦的客人。他喜欢钓鱼，特意起了个大早，打算去湖边钓来一条鳟鱼当早餐。八点前后，他回到庄园，骄傲地向女主人展示刚刚钓上来的一条大鳟鱼。真没想到能钓到这么大的一条鱼，但最令他难忘的是，把鱼钓上来的时候，有一只天鹅冲上岸，愤怒地追着他又啄又闹，好不容易才赶跑。“哦，真可惜！”女主人失声道，“你钓走了天鹅的好朋友！”自那以后，天鹅比以往更加郁郁寡欢；善良的女主人见不得它这副伤心的样子，听说一个远方的朋友想养天鹅，就把它送人了。

夜晚、森林，还有你

鲁珀特·布鲁克（1887—1915）对自然事物有着敏锐的洞察力——他在诗作《声音》中描述了一个不合时宜的同伴。

我的森林有魔咒庇佑，

我躺着仰望垂死的余光。

寂寞的高空，落日苍凉，

任雨水冲刷，夜色遮挡。

银色、蓝色、绿色的森林，

越到夜晚，越平和安康。

鸟儿噤声，宁静渐长，

寂寞爬上山岗；

无风呢喃。

我知道

这是明悟的时刻，
夜晚、森林，还有你，
融为一体，我在寂静中，
即将找到隐藏的钥匙，
解开一切困惑与伤害——
你曾经那么好，夜色也温柔，
森林是我心灵的一部分。

我屏息静气，独自等待；
神圣的三位，亲爱的三位，
在这明悟的时刻，
合为一体，
夜晚、森林，还有你——
突然，
我的森林里喧嚣声起，
傻瓜的噪声，嘲弄的悲哀，

笑笑闹闹，盲目游走，

双腿不辨方向，衣角摇摆，

一个声音亵渎了我的忧愁。

魔咒打破，没有钥匙，

只有你平淡的声音缭绕在耳际，

愉悦而清亮，说着平淡的废话，

你来了，在森林里，在我身边喋喋不休，

你说：“这里风光挺好！”

你说：“一个人坐坐也不错！”

你还说：“太阳落山了！”

你说：“落日真美啊！”

你能不能闭嘴啊！

情书

斯蒂凡娜·史蒂文斯（1879—1972）1916年的小说《发生了什么》，以年轻的亚瑟·兰瑟姆为原型，塑造了喜爱自然的主人公迈特勒佛的形象。几年前，亚瑟在伦敦居住时，与作者相识。那时，他常以波希米亚风自居，每遇到一个漂亮女孩就厚颜无耻地向她求婚。这封情书描述了盒子里的礼物。

那是青苔的气味。如果你问我浪漫是什么气息，我会告诉你，浪漫是雨天的青苔味、晴天的柏油味或者四季的柴火味。当然，气味只是六大感官中的其中一种。浪漫的触觉感受来自樱草之类的植物，比卖花女的花更新鲜更香甜。早餐前，我摘了几朵花。打开礼物看到那些蛋了吗，有没有想起乡下的篱笆，小鸟正当其时。每每听到鸟儿的歌唱，我多想把歌声送给你。尼科看到这些鸟蛋一定很

高兴，那家伙实在贪心。找到这些麦鸡的鸟蛋可不容易。我是在去迪克哈姆半道的沼泽地发现了麦鸡的踪迹，小心翼翼地追踪到它的落脚点才找到这些蛋，煮得真费劲。垫在鸟蛋下面的西洋菜是五分钟前从一个吉卜赛人那里买来的。盒子里最珍贵的礼物就是那颗肾形的石头，千万别弄丢了。真幸运能找到这颗黑色的肾形石，我已为此寻寻觅觅了多少年。你什么时候才愿意嫁给我呢?

约拿与猿人

阿道司·赫胥黎（1894—1963）是诗人、小说家、人道主义思想家。他的诗集《丽达》（1920年）中收录了两首讽刺诗，第一首是十四行诗，解说《圣经》箴言；另一首诗是关于人类的进化，形式为五个诗节的四行诗。

约拿

泛着油光的泡沫
在水中漂漂荡荡，
汇聚到他脚边——映出
许多倒挂的钟乳石，
裹着黏液，漩涡和环纹，
斑驳的内脏如巨大的彩灯，
小一点的是颤动的管道，
发酵的液体在其间沸腾。

庞大的肾脏如凸起的山丘，

约拿坐在丘上祈祷和吟唱，

吟唱着心中的圣歌与赞美诗，

歌声在空旷的山谷间回响，

回响着上帝的恩泽与神光。

大鱼喷发的乐声中他游了出来。

先哲之歌

退化成人是猿的不幸，

原本四肢皆手，尾巴灵巧，

可怜我虚浮的身形，

如何与猿人比较，

唯有心灵是敏捷的小兽，

有着一千条强劲的尾巴，

一千只手攀向世界的尽头，

渴望甘美的真理，沉醉不休，

沉醉于思想的两极与棕林，
轻松穿过形而上学的
红树林迷宫，漫步在绷紧、
脆弱而危险的利亚纳之路，

那条路连接远方宽阔的海湾，
连接着树与树的类比与惆怅；
奔如脱兔，跃起若羚羊；
美妙的头脑，崇高而奔放！

可是，听吧，猿人在嗤笑！
人类的大脑也来自猴子的子宫，
脐带始终与大地系牢，
生于此地，葬于此中。

振奋的蟾蜍

乔治·奥威尔（1903—1950）热爱自然，他曾在泰晤士河畔漫步，也曾寄居于偏僻的朱拉岛。本篇摘自《蟾蜍随想》，1946 年 4 月 12 日发表于印度《论坛报》。

比春燕和水仙更早，比雪莲晚不了多少，蟾蜍以自己的方式迎来了春天。他从冬眠的洞穴里钻出来，飞快地爬向最近的水滩，或许是察觉到大地的轻颤，或许是温度的微升，将他从长梦中唤醒；许多同伴却睡过了头，生生错过一整年。我曾在盛夏里挖出土里的蟾蜍，无不活蹦乱跳，毫发无伤。

长长的禁食期结束了，蟾蜍显得尤为振奋，如同戒律严谨的英国高教会信众即将熬过大斋节。他动作呆滞，却直奔目标；身体萎缩，却目光炯炯，我直到此时才注意到，那双大眼睛比其他的生灵更加美丽，像金子，更像印章戒指上的稀有金色宝石，正是人们常说的金绿玉。

蟾蜍下水数日，拼命捕食小昆虫恢复体力，渐渐回到原来的大小，即将进入灼热的发情期。雄性的蟾蜍，本能地想要环抱着什么——给他一根小木棍，甚至你的手指，他都会死死抱住，过好一会儿才发现原来这不是雌蟾蜍。人们常常看到十几二十只蟾蜍胡乱抱成一团，在水中翻滚，只只缠绕，难辨雌雄。之后渐渐配好了对，雄性端坐在雌性背上，这时雌雄就容易分辨了：雄蟾蜍个头偏

The little husband stands in some awe of his portly spouse

小，体色更深，坐在上方，双臂紧扣雌蟾蜍的脖颈。一两天后，蟾蜍在芦苇丛产下一串长长的卵，随后卵带消失不见。几周后，水里出现了一大群细小的蝌蚪。蝌蚪很快长大，先长后足，再生前足，接着蜕去尾巴，直到仲夏时分，长成了新的蟾蜍，体型比指甲盖还小，但五脏俱全。小蟾蜍悄悄浮出水面，重新开启新一轮游戏。

Chapter 6

深　思

忽然流落此地，远离人世的喧嚣，
却可倾听树木细语，读遍溪流的文章，
石间亦有真意，万物皆有可观，
我不愿改变这一切。

威廉·莎士比亚，

《皆大欢喜》第二幕第一场

谜之清晨

威尔士玄学诗人亨利·沃恩（1621—1695）敏锐地指出了自然与上帝的关系；本篇诗文选自《燃烧的火石》（1650年）中的《规则与教训》。

太阳升起，别再沉睡……沉睡是一种罪，
世界关闭之时，天堂的大门开启。
清晨多么神秘；世界最初的青春，
人类的复生，未来的新芽都在清晨萌发；
生命、光明、真理的皇冠镌刻于
他们的星辰、石头与隐藏的食粮……

看那上帝的杰作；清泉流淌，
鸟儿歌唱，野兽吞食，鱼儿跃动，大地坚强；
上方的日月星辰无尽流转，大放光芒。

环绕着浩瀚的青空，云彩流光，日夜轮转。

四季的变幻在眼前铺展，

全凭他的伟力；各色风光如在天堂；

冰雹，雷电，彩虹，雪雨冰霜，

时而平静，时而风暴，时而光明，时而昏暗，全凭他的神光；

你也不会错过他的奖赏；每一棵树，每一株草，每一朵花，

不过是一个小小的影子，投射出他的智慧与力量。

一滴露珠

安德鲁·马弗尔（1621—1678）在《一滴露珠》中将玫瑰上的露珠比作一心寻找上帝的灵魂流下的眼泪。

看那东方的露珠，
从清晨的怀中，
　洒落玫瑰花丛，
不在意它的新屋，
只因出生于澄净的长空，
　自己环抱成团；
　这一颗小小的圆珠，
映照出本真的元素。
　无视紫玫瑰的轻侮，
　　不在意无人碰触，
　它回望天幕，

哀光夺目，

如自己的泪珠，

感伤于长久的分别。

不安地翻滚、颤动，

唯恐不再纯洁，

直到暖阳怜惜它的苦痛，

送它回归天空。

这光，这灵魂，这露珠，

只应来自永日的清泉，

怎会出现在人间的花丛，

不忘曾经的高度，

躲开花叶的葱茏，

反照自己的光珠，

纯洁而萦绕的思量，

小天地映出宏大的天堂。

它羞涩地逃遁，

每每转身离去：
世界失之圆润，
只待来日重聚，
下方黑暗，上方光彩，
此处冷落，彼处珍爱，
离去多么轻松，
随时准备飞升，
身在低处，
心向高空。
神圣的露珠，天赐的精灵，
寒风中凝结成圆满晶莹，
凝结在人间：融化时奔向
荣耀世间的万能阳光。

伟大的生命之链

亚历山大·蒲柏（1688—1744）的《人论》（1734年）一文饱受赞誉，文中描述了世间万物之间的内在联系，其观点虽年代久远，却历久弥新。

看，越过这天空，这大地，这海洋，
看世间万物飞快地萌发生长。
往上，无论多高，生命积极攀登！
周围，无论多深多广，生命正在拓展！
伟大的生命之链，始于上帝，
超凡的自然，人类，天使，凡人，
虫鱼鸟兽！目之所及，
望远镜之远，谁也看不清！从无限到你，
从你到无！——我们压制着
强者的力量，而弱者压制着我们；
或在完整的造物中留下空白，

从此一步走错，全盘失败；

自然的链条无论敲碎多小的一环，

十分之一或万分之一，整个链条轰然中断。

如果链条上的每一个系统

都对庞大的整体同样重要，

则一点偏差不仅是系统之差，

而是全部体系的崩塌。

失衡的地球偏离轨道，

日月星辰无序地飘摇，

天使无法各司其职，

人间破碎，山河皆失；

天堂的根基向中心点头，

自然在上帝的宝座前颤抖。

打破一切沉闷的秩序——为谁？为你？

可恶的蠕虫！——哦，疯狂，骄傲，不敬！

我无话可说

良宽（1758—1831），号大愚，是一位禅宗僧人，谈吐幽默，以其诗作、书画与奇思而著称于世。

我的小屋在茂密的林间；

年复一年，青藤蔓延。

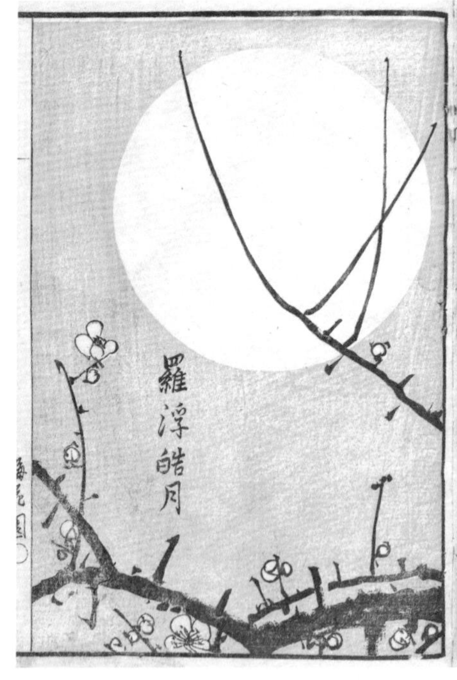

听不到人间的消息，

只有伐木工人偶尔的歌声。

白天，我缝补衣衫；

晚上，我诵读佛经。

朋友，我无话可说。

若要寻找生命的真意，

何必苦苦追逐良多。

崇 高

塞缪尔·泰勒·柯勒律治的儿子哈特利（1796—1849）整理了父亲的笔记簿，并在《诗人的生命》（1895年）一书中呈现了父亲关于自然的佳作。

1805年1月15日，星期二

今夜圆月高悬，月色皎洁，环绕着一圈最明亮、最完美的月晕。月晕如此明亮，如此致密，如此圆满，浑然一片，将月亮包裹其间，仿佛一个不透明的实体，显露出巨大行星的轮廓。行星边缘似乎有一条圆形的水槽（光晕），反射着荧荧的水光，中央的月亮如同盆底的一小圈水渍，反射出更多的光；边缘与中央之间的部分似乎同样致密，只是稍显黯淡。

从那以后，我总爱思索崇高的本质，思索物质之说的影响；思索崇高与宽广的终极差异，进而发展为崇高的感觉和认知，真不知这伟大的崇高如何从我们有限的躯体中衍生。

如果形式构成感知，如果这是一种纯粹的认知，是从认知器官的感受中抽离出的感知，那么当我在平坦的村庄看到了广阔的天空、形态各异的云彩和璀璨的烟火，何必再追寻层峦叠嶂的山峰？欲求不满又怎么会快乐？我是否把自己看得过于渺小，所以身外的一切看上去都如山一般高远，因而也就把一切看成了山，玩味地看待自己的喜悦，如同一首象形文或图画文写成的诗——“崇高的魅

影”，我也知道这只是幻影？形式本身不是使事物个体化的主要中介，不会使物体无穷变化，也不会借由我有限的躯体来衡量？

山脉绵长而富于变化，延伸到目不可及之处，如此宽广、令人赏心悦目的是山脊的绵延、流转与动态；这衡量的尺度出自我的生命和灵魂，而非躯体。空间是上帝的希伯来名字，也是灵魂的最佳体现，纯净而美好得令人无法抗拒。行动得以抗拒之时，就是限制伊始之际：限制是躯体的首要构成，在特定空间越是无所不在，空间就越是充满了躯体或物质；因此任何躯体都必然是灵魂的先决条件，因为行动取决于抗拒。正因如此，在伟大的完整范围内，任何一个细小部分无不展示着行动与抗拒行动的结合，这是亲密的结合，是完美的结合。空间充盈了宽广，也就是说，空间不被逐渐的盈满破坏，而是因其扩散。在有限的事物里，即在一切形式上，空间遭到了难以置信的阻挡，无法由主观意志延伸到山峦，由山峦到云层，再由云层到蔚蓝的天空。这埃特纳上方的天空，如此宁静，似乎藏在了太阳的身后。一切如此分明，密不可分，却又各有千秋。

人生的四季

约翰·济慈（1795—1821）1818 年 3 月在廷茅斯写下了《人生的四季》，附于写给在牛津的友人本杰明·贝利的信后，最早发表于利·亨特的《口袋文集》（1819 年）。

春夏秋冬盈满一年；

人的心灵也有四季：

他有着蓬勃的春天，

清澈的幻想包容一切美丽；

他还有夏天，纵情地回味

年少的思绪，春天的甜蜜，

回味，乘着梦想高飞，

几乎飞上天堂；

秋天的心灵在宁静的河湾，

他收拢了一双翅膀；

遥望迷雾，满足而闲淡——

任美好的一切从门前流淌。

他的冬天荒凉而苍白，

谁也无法拒绝自然的朽败。

黄昏的画眉

托马斯·哈代（1840—1928）是一位无神论者，他在《黄昏的画眉》一诗中，试图从自然中寻找人间的希望。这首诗起初名为《世纪之末》，最早刊登在1900年12月29日的《画报》上。

我斜靠在树篱的门旁，

　　冰霜如幽灵般灰暗，

白昼的眼睛，虚弱的太阳，

　　在冬天的残渣中更显苍凉。
纠缠的藤蔓在天空的刻痕，
　　像竖琴扯断了弦，
平日附近出没的人们，
　　都蜷缩在自家火炉前。

轮廓分明的大陆，
　　如世纪的尸体横陈，
墓室是乌云密布的天幕，
　　北风呼啸着哀声。
萌发与生长的远古冲动，
　　萎缩得干枯冷硬，
大地上的一切生灵，
　　都像我一样失去了热情。

突然间，头顶上有一个声音，

在萧瑟的枯枝间响起，
一曲深情的晚歌，
唱出无限的欢喜；
那是一只老画眉，瘦弱憔悴，
羽毛在冷风中凌乱，
面对滚滚而来的黑暗，
抛洒一腔灵魂。

这样的颂歌，
这样的喜悦，
人世万物，不论远近，
哪有什么值得书写。
只有他欢乐的晚安曲调，
颤动着幸福的希望，
他一直知道，
而我一直迷惘。

走开，哀伤的喘息

杰拉德·曼利·霍普金斯（1844—1889）写完他所说的“可怕的”十四行诗后，渐渐重拾希望，写下了这首《自然是赫拉克利特之火，怀着重生的慰藉》。

蓬松的云朵，撕之轻缕，抛成云枕，/ 招摇而前，争相踏上空之大道：天上的嬉闹者 / 欢聚成团；闪闪前行。

走过灰墙，走过粉墙，/ 榆树的穹弯之下，光斑和长绳的阴影 / 缠绕、刺穿又成双。

多么欢乐啊，大风挥着绳子英勇搏斗，/ 抽打着大地，直到抹平

暴风雨的褶皱；水塘里，表土已烤干，

软泥压成了 / 泥团、硬壳与尘埃；成形，硬化

无数人类的印迹，/ 有人曾踏过泥浆

留下了脚印。点燃万千火光，自然之火不绝。

然而最美的、最爱的、/ 最清晰的心火却骤然熄灭，

人类啊，心火转瞬烧成灰烬，/ 心里的印迹也飞快地消逝！

二者都遗落于深不可测，一切都在黑暗中

淹没。哦，怜悯而愤怒的 / 国度！人影，闪耀

偏离，解体，化作星辰，/ 死亡溅出黑色，不再有

他的印迹，

只留下广阔的黯淡与时光 / 在敲打。够了！重生，

心中的号角！走开，哀伤的喘息，/ 无趣的日子，沮丧。

我即将沉没的小船

那边有一道光，永恒的光。/ 肉体消逝，必死的废物

沦落成苟且的蠕虫；/ 世间的野火，只余灰烬：

一道光，一道号声，

一瞬间，我就是基督，曾经的他就是如今的我，

一个普通人，笑话，可怜的碎陶片，/ 补丁，柴火，不朽的钻石，

就是不朽的钻石。

在高地

罗伯特·路易斯·斯蒂文森（1850—1894）的这首诗在去世前完成，收录在《旅行之歌》（1896年），饱含了对故乡的思念之情。

在高地，在村庄，

高原上人们红红的脸庞，

年轻的姑娘们

宁静的眼神；

这里的寂静欢欣而幸福，

永远荡漾在山凹之处，

更美的音乐

生生灭灭。

哦，再一次爬上我常来的大山；

古老的红山吸引鸟儿来往，

低处的绿地
多么鲜亮；
待到枯黄死去，又是色彩万千，
或者夜幕之下，星辰闪耀流连，
看，山谷下
灯火万家！

哦，时梦时醒，时常游荡，
所得所失，都令人欢畅，
穿过寂静的迷茫，
心情舒缓；
看！漫山的花花草草，
只有恢弘的乐章在缭绕；
只有风声与河流，
死与生。

鱼的天堂

鲁珀特·布鲁克（1887—1915）以戏谑的口吻写下《鱼的天堂》这首诗，旨在探索生命的意义。这首诗收录于《1914年与其他诗歌》（1915年）。

这是一个六月的午后，

饱食的鱼儿在水中悠游，

探索玄秘的智慧，晦涩或清晰，

包含着鱼儿隐秘的恐惧或希冀。

鱼儿说，天堂里有池塘和溪流；

除此之外还能有什么？

不，这绝不是生命的全部，

否则生活将多么无趣！

每一条鱼都不会置疑，

“善”出自水和泥；

虔诚的双眼定能看清

“流动”中的“神性”。

我们隐约知晓，凭着信念呼和，

未来不是一片枯涸。

泥者入泥！——死亡打着漩涡临近，

这里不是预定的终点，不是这里！

而是时空之外的某地。

那里有更湿的水，更肥的泥！

鱼儿相信，那里畅游的生灵

自河流出现之前就在天地间游行，

身躯浩瀚，有着鱼的思维和形态，

身被鱼鳞，无所不能，心怀仁爱；

万能的鱼鳍之下，

庇佑最小的鱼虾。

哦！鱼儿说，那里有永恒的溪流，

饵料中再也不会藏着鱼钩，

那里的水草超越凡尘，

泥浆美好得神圣，

肥美的毛虫到处浮动，

还有天堂般的蛆虫；

蛾不衰，蝇不死，

蠕虫永远新鲜，

鱼儿说，在它们神往的天堂，

再也没有陆地的阻挡。

飞蛾之死

弗吉尼亚·伍尔夫（1882—1941）自杀前不久写了《飞蛾之死》（1942年），颂扬小飞蛾求生的决心。

白天出没的飞蛾真不该叫飞蛾；全然无法勾起深秋月夜的遐思；就连躲在窗帘后长睡的黄蛾也常常使人想起青藤上的花朵，而白日的飞蛾却引不起任何浮想。这些杂交的品种，既不像蝴蝶般快活，也不比其他灰蛾般阴沉忧郁。然而眼前这只飞蛾却活得满足而安然，只见它双翼狭长，色如枯草，边缘饰着同色的流苏。此时正当九月中旬一个愉快的清晨，天气温暖怡人，散发着比夏季更令人沉醉的气息。窗外可以看到耕作的人们，犁耙夷平了大地，泥土泛着湿润的水光。勃勃的生机从田地和旷野上升起，叫人无法移开目光，落回到书页之上。白嘴鸦也似乎在欢庆一年一度的盛典，它们高高地飞上树顶，如一张坠着无数黑色绳结的大网，兀然抛向空中，随后渐次落下，散落在树梢间，每一处枝梢仿佛都留下了一个绳结。忽然间，大网又抛向天空，撒成更大的圆弧，一时间鸟声鼎沸，喧闹不休，似乎抛向高空再回落树梢是一件绝顶刺激的事。

这生机感染着白嘴鸦、庄稼汉、马匹和贫瘠的旷野，也感染了那只飞蛾，它扑腾着翅膀，从窗棂的这头飞到那头又飞回来，往往复复。我忍不住一直看着，莫名地怜悯。这天早晨有那么多使人快活的事情，然而一只飞蛾，一只白天的飞蛾，一个命苦的小家伙，即使用全部的热情来拥抱生命，能享受的风光依然那么有限，怎不令人心生同情。你看它奋力飞向窗格的一角，停歇片刻又飞到第二个角落，第三个、第四个角落，除此之外还能怎样？窗外一片旷野，天空广袤，远处屋舍炊烟袅袅，海轮的汽笛仿佛唱着缠绵的曲调，而它费尽全力、左突右撞，也只能困在这一个小小的角落。看吧，像一道光，微弱却纯净，巨大的能量投入柔弱的躯体。它在窗格上飞来飞去时，我总感觉看见了一丝光亮。飞蛾虽小而无人在意，也是生命。

野性的救赎

奥尔多·利奥波德（1887—1948）生于美国艾奥瓦州，自幼喜爱户外生活，被认为是环境伦理学先驱，著作《沙乡年鉴》（1949年）在他去世后发表，销量逾百万册。本篇选自《像山一样思考》。

一声嗥叫深沉而饱满，回荡在山崖间，顺山势而下，消失在无边的夜色中。那是野性的对抗，不驯的哀鸣，以及对一切苦难的蔑视。所有的生灵（也许还有死者）竖耳倾听，那一声召唤，对鹿来说，是死亡的警告；对松林来说，是夜半血战的预言；对郊狼来说，是残余的野味；对牧牛人来说，是银行里的赤字；对猎人来说，是狼牙对子弹的挑战。然而，这些明显而直接的希望或恐惧之后，隐藏着更深的意义，只有大山知道……

我意识到这一点，始于目睹一头狼的死亡。我们正在高高的山崖上吃午饭，崖下湍急的河流拐了一个大弯流向远方。河里似乎有一只母鹿——当时以为那是一只鹿——蹚行在激流中，白色的浪花冲刷着胸口的毛。它终于爬上了岸，摇着尾巴走过来，这时我们才发现刚才看错了：那居然是一头狼。看到母狼，六只刚刚成年的小狼纷纷从柳树丛中跳出来，摇着尾巴，嬉戏打闹，迎接老狼。就在我们脚下的空地中央，它们滚成一团，扑腾嬉闹。

那个时代的人们绝不会放过猎狼的机会。我们赶紧上膛开枪，兴奋得几乎难以瞄准……直到打光了枪里的子弹。老狼倒下了，一只小狼拖着受伤的腿，躲到了狭小的岩缝里。

我们赶来时正看到老狼眼中凶狠的绿光渐渐熄灭。我突然意识到，并从此意识到，那目光中蕴含着某种新的东西——只有它和大

山知道。那时我还年轻，拿着枪就手痒；总觉得打死一头狼，就救了许多鹿，总觉得没有狼出没的地方才是猎人的天堂。然而，目睹着绿光逐渐黯淡，我觉得狼和大山似乎都不这么想。

后来我看到一个又一个州县将狼群赶尽杀绝；我看到许多刚刚失去狼的大山，南面的山坡布满了野鹿啃食而过的环形鹿径；我看到马鞍的高度之下，可食的嫩苗和枝叶无一幸免，最后整株死去。仿佛有人给了上帝一把大剪刀，对大山修修剪剪，却不准做其他事。后来，山上到处都是饿死的鹿的尸骨，只因鹿的数量太多，吃光了山坡。白骨与枯萎的狗尾草一起风化，或在高大的杜松树下腐朽。

我想，也许鹿怕着狼，山怕着鹿，而且更有惧怕的理由：狼吃掉的鹿，两三年就能重新长成，而鹿毁坏的山林却几十年也无法恢复。牛群也是如此。牧牛人杀狼的时候并没有意识到，他必须代替狼来减少牛的数量，以免过度放牧。他必须学会像山一样思考。因此，我们也有沙暴和洪流，将我们的未来冲入大海。

人人都渴望着安全、繁荣、舒适、长寿，乃至平淡的生活。鹿用柔软的四肢，牧牛人用陷阱和毒药，政治家用笔墨，我们这样的普通人用机器、选票和金钱，为同一个目标奋斗：和平。以此来衡量社会的幸福并不过分，或许也是进行客观思考的先决条件。然而，过于安全也会带来长远的危险。这大概就是梭罗所谓“野性的救赎”的真意。狼嗥声中隐含的意义，大山一直知道，人类却极少知晓。

听与看

切特·雷默（1936—　）是一名博物学家和物理学家，他在博客中自称为“宗教自然主义者”。本段选自《黑夜的灵魂——天文朝圣之旅》（1985年）。

我是银河的孩子，黑夜是我的母亲。我由星尘组成，身体的每一个原子都来自星星。宇宙爆发生命的那一刻，鸟儿早已渴望森林，鱼儿早已向往池塘。第一个星系坠入发光的土地，物质挣扎着产生意识。人马座星云像一丛燃烧的灌木。如果人马会说话，只有傻瓜才会错过；如果夜色中上帝的声音是轻声的叹息，我定要侧耳聆听。如果黑夜的昏暗无法将我击倒，我定要在漆黑的山上坐定，静静等待，细细聆听。处处有心，处处找寻。我静静地听，静静地看，静静地等待，永远等待，直到背痛腰酸。

尾　声

托马斯·哈代（1840—1928）的这首诗原名就叫作《尾声》（1917年）。

“现世”在我颤抖的身后关门落锁，
五月快活的绿叶，如扇动的羽翼，
新丝织就，覆着柔嫩的薄膜，
邻居们是否会说“他曾经在意过”？

如眼眸一眨无声无息，
暮色中霜鹰掠过阴影，
落到被风压弯的高原荆棘，
见者心道：“他一定很熟悉这样的风景。”

若我在温暖的黑夜里死去，蛾虫嘤鸣，

刺猬悄悄穿过草丛，或许有人会想起：

“他曾尽力保护无辜的小生命。

能做的不多；便已逝去。”

若听到我安息的消息，人们伫立门前，

仰望冬夜的星空，叹此生永不相见，

这一刻，是否有人在心头追忆，

“他特别喜欢星空的奥秘”？

我的丧钟在幽暗的夜色中传扬，

轻风中稍顿，又重新奏响，

仿佛新的钟声激昂不息，

“他听不到了，但曾经很在意”？

译后记

2017年4月，我在金雯和陈叶的鼓励下开始翻译这本文选，其中散文与诗歌各半，时间横跨公元前后近三千年，作品来源以英国写景抒情的美文为主，还包含了美国、加拿大、意大利和日本一些比较独特的作品，兼顾名家名作与大家小品。例如D. H.劳伦斯的作品，既收录了《鸟兽花》中久负盛名的《小乌龟》，也选择了连劳伦斯研究者们也不一定很熟悉的《绿火》(大概有些西方学者认为这首诗的暗喻过于情色)。再如文集中既收录了华兹华斯著名的《紫杉》和《水仙》，也包含了从未译成中文的名篇《天鹅》。这本文集最大的贡献，是收录了一些对英美文学产生历史性影响、国内却无人研究和翻译的作品。例如霍普金斯的诗歌，尤其是《微暗的水光》这首诗，不仅是美国诗歌经典，而且对欧洲语言学也产生了深刻的影响，可惜国内了解不多，也没有合适的译文。再如达尔文祖父伊拉斯谟·达尔文描述生物进化的创世长诗《自然的神殿》，作为科学与诗歌的结合体，是英国博物学史和诗歌史上的巨著，虽然本文只是节选，但也是首次翻译成中文。尤为难得的是，原书的编者克里斯汀娜·哈德曼特特意选择了一些女性作家的作品，例如多萝西·华兹华斯、阿特伍德、莉莲·鲍尔斯·里昂等人的名作，以及一些名家深具童趣的小诗，如斯蒂文森的《血红橙》和骚塞的《洛多尔瀑布》等，使选文具有了难得的完整性。整个文集围绕地、天、火、水、惊喜、深思这六个主题展开，读者们可以看到不同时空的灵魂对同一个主题发出了怎样不同的感慨。

诗歌翻译中，韵律是我特别在意的问题之一。英文原诗的常用韵式是 aabb 或者 abab 式的，实际翻译中能够原样重现当然最好，但偶尔为了凑尾韵而调整行内语序，可能导致强调的重心发生偏移。在这种情况下，我绝不肯因辞害意，而会考虑改变韵式，如将 abab 改为 aabb 的韵式，甚至启用 aaba 这种中国诗歌特有的韵式结构。前些天在长沙梅溪湖大剧院观看《音乐之声》音乐剧的中文版，发现很多 abab 韵式改为 aabb 之后，中文听起来更加和谐。此外，中文诗歌并不介意一韵到底，因此此次译诗中偶尔也会出现 aaaa 的情况。除了译文中偶尔使用 aaba 韵式是我小小的改动之外，我还在一首特殊的诗中用了 aaa 三行韵的格律，可能是受到了一首流行歌曲《哭砂》的启发，但主要是为了与内容的节奏相契合。当然，在原文没有押韵的地方，包括几首无韵诗，或者诗歌行内或者散文中，我也稍微加了一点点韵，尤其是散文中的韵和诗歌的行内韵，主要是为了强调节奏。除此之外，诗歌中抑扬格和头韵的翻译，除了用尾韵稍事补偿之外，基本上难以表现。

这本文集中有几首诗歌的翻译参考了前辈的译文，例如《小乌龟》参考了吴笛的译文，《水仙》和《黄昏的画眉》参考了飞白的译文，《失乐园》参考了朱维之的译文，《野性的救赎》借鉴了高中课本的译文，在此一并表示感谢。老先生们大多在我求学的时代就对我的文风和翻译思想产生了难以磨灭的影响，但是当代语言迅速发展，译者的人生经历和认知环境也发生了巨大的变化，因此我的译文与前辈们的翻译必然有着完全不同的时代烙印。最后还要感谢另一本诗歌散文集《花园的欢沁》的合作译者颜益鸣，她远在非洲也为本书的翻译做了许多工作，例如《生长的精神》和《崇高》这两篇文章就是在她的译文初稿基础上改写而成的。

插图列表

（所有插图若非特别注明，均出自大英图书馆馆藏）

第 124 页 Phoenix. Bestiary, 13th century (Royal 12 c.xix, f.49v).

第 126 页 Firefly. Kitagawa Utamaro, *Picture Book of Crawling Creatures (Ehon mushi erami)*, 1788. Rogers Fund, 1918, Metropolitan Museum of Art, New York.

第 134 页 View of Krakatoa during the earlier stage of the eruption, from a photograph taken on Sunday 27th May, 1883. *The eruption of Krakatoa, and subsequent phenomena. Report of the Krakatoa committee of the Royal Society*, 1888 (qx26/9807).

第 144 页 Aurora Borealis. Charles F. Blunt, *The Beauty of the Heavens*, 1840 (717.g.4).

第 152 页 *View of the Waterfall which is the 3rd below the Devil's Bridge*, by T. Sanders, engraved by W. J. Walker (Maps K.Top.46.69.e).

第 158 页 Sperm Whale. Jarrolds' *Illustrations of the Animal Kingdom*, 1877 (1822. d.1).

第 168 页 South Front of Claremont, engraved by Daniell Havell, 1817 (Maps K.Top.40.19.g).

第 172 页 J. B. Pyne, *The English Lake*, 1853 (Cup.652.c.5).

第 184 页 'The broad sun is sinking down in its tranquillity', illustration by Henry Dell. William Wordsworth, *The poetical works of William Wordsworth*, 1870 (11611.cc.29).

第 189 页 'Dalmally, Western Highlands, Scotland', 1810 (Maps K.Top.49.32).

第 190 页 Philip Henry Gosse, *Actinologia Britannica: A history of the British Sea-Anemones*, 1858 (7296.c.48).

第 197 页 A. E. Brehm, *Illustrirtes Thierleben. Eine allgemeine Kunde des Thierreichs, etc.*, 1864–1869 (7208.ddd.17).

第 199 页 'St David's Head S.W.', engraved by R. Havell after T. Walmesley (Maps K.Top.47.85.g).

第 201 页 Painting by Barbara Briggs. Eleanor Edith Helme, *The Book of Birds and Beasties*, 1929 (7205.g.21).

第 206 页 Barnacle Geese. Bestiary, 13th century (Harley 4751, f.36).

第 208 页 Miniature of an elephant and a dragon. Theological miscellany, 13th century (Harley 3244, f.39v).

第 210 页 Barnacle Geese. Bestiary, 13th century (Harley 4751, f.36).

第 213 页 September. James Thomson, *The Seasons*, 1857 (c.108.u.26).

第 216 页 Gilbert White, *The natural history and antiquities of Selborne*, 1891 (1560/1349).

图书在版编目（CIP）数据

自然的欢沁 /（英）克里斯汀娜·哈德曼特（Christina Hardyment）编；刘云雁译. —南京：译林出版社，2023.9
书名原文：Pleasures of Nature
ISBN 978-7-5447-9659-0

Ⅰ.①自… Ⅱ.①克… ②刘… Ⅲ.①英国文学－现代文学－作品综合集 Ⅳ.①I561.15

中国国家版本馆CIP数据核字（2023）第066363号

Pleasures of Nature: A Literary Anthology by Christina Hardyment
First published by The British Library 2016

自然的欢沁 [英国] 克里斯汀娜·哈德曼特 / 编 刘云雁 / 译

责任编辑 陆晨希
装帧设计 薛顾璨
校　　对 蒋　燕
责任印制 董　虎

原文出版 The British Library，2016
出版发行 译林出版社
地　　址 南京市湖南路1号A楼
邮　　箱 yilin@yilin.com
网　　址 www.yilin.com
市场热线 025-86633278
排　　版 南京展望文化发展有限公司
印　　刷 合肥精艺印刷有限公司
开　　本 718毫米×1000毫米 1/16
印　　张 19
版　　次 2023年9月第1版
印　　次 2023年9月第1次印刷
书　　号 ISBN 978-7-5447-9659-0
定　　价 79.00元